꿈꾸는 엄마로 산다는 것

꿈꾸는 엄마로 산다는 것

하버드대 엄마 서진규와 하버드대 딸 이야기

서진규 지음

RHK
RH Korea

나의 꿈 그리고 나의 딸

 엄마로 산다는 것, 그것에 정답은 없다. 모든 엄마들은 자녀를 사랑하며 자녀가 행복해지길 바란다. 하지만 행복도 여러 가지로 정의내릴 수 있듯, 그 바람도 가지각색이다. 엄마들은 각자 자신이 그리는 삶의 모습을 향해 자신과 아이가 걸어가길 소망한다. 나 또한 평생에 바라는 삶이 있었다. 바로 나와 내 딸 성아가 현실에 안주하지 않고 늘 '희망'을 바라보며 나아가는 것이었다.

 가발공장 직공, 식당 종업원 등으로 일하다가 직업소개소의 광고를 보고 미국으로 건너간 내 삶은 녹록지 않았다. 결혼 생활도 순탄치 않아 견뎌내야 하는 하루가 많았다. 그런 내가 군인이 되고 하버드대에 들어갈 수 있었던 것은, 포기하지 않는 용기 그리고 한시도 놓지 않았던 희망 때문이었다. 나는 지금까지 수많은 사람들에게 희망을 전하며 살아왔다. 그런 내가 자신 있게 말할 수 있는 사실이 있다. 내 삶의 가장 빛나는 '희망의 증거'는 바로 내 딸 성아라고 말이다.

어려운 환경에서도 착하고 건강하게 잘 자라준 성아는 나를 따라 미군에 들어갔고 하버드대를 졸업했다. 성아가 소위 임명장을 받은 날을 나는 지금도 잊을 수 없다. 하버드대에서 모녀가 나란히 미 육군 푸른 군복을 입은 것은 우리가 처음이었으며 수많은 카메라 렌즈들이 우리를 향해 있었다.

임명장을 받은 성아는 부동자세로 청중을 향해 서서 나를 기다렸다. 나는 미리 준비해둔 소위 계급장과 장교 모자를 들고 단상으로 올라갔다. 사회자가 우리에 대한 소개를 하는 동안 나는 성아의 군복 양어깨에 노란 소위 계급장을 달아주었다. 쓰고 있던 ROTC 생도 모자를 벗기고 장교 모자를 씌워준 뒤 한 발 물러서서 성아의 늠름한 모습을 바라보았다.

순간, 성아가 내게 거수경례를 올렸다. 예정에 없는 행동이었다. 나는 성아가 내게 최대의 감사와 경의를 표하고 있음을 느낄 수 있었다.

'난 장교로서 누구보다 엄마에게 먼저 경례를 부치고 싶었어요. 엄마, 정말 고마워! 절대로 엄마를 실망시키지 않을게요.'

그때 성아는 결의에 찬 눈빛으로 나를 바라보고 있었다. 그 눈빛

속에서 나는 또 다른 희망을 보았다.

나는 혼자인 시간이 길었고, 여기저기 적을 옮겨야 하는 군인이었고, 또 후에는 공부를 하는 학생이었다. 그런 내가 엄마로서 성아에게 줄 수 있는 것은 물리적으로 많지 않았다. 다행인 것은 성아 곁에는 외할머니와 외할아버지를 비롯하여 사랑을 주는 사람이 많았다는 것이다. 그렇지만 엄마로서 늘 성아에게 미안했다.

그런 내가 늘 가슴속에 품고 있는 말이 있었다. 바로 "아이는 부모의 미래다."라는 말이다. 나는 다른 것은 몰라도 성아에게 쉽게 좌절하지 않는 엄마, 늘 현실보다 미래를 생각하는 엄마, 꿈꾼다는 것을 삶의 가장 큰 낭만이자 기쁨으로 아는 엄마가 되길 소망하며 살아왔다. 다행히도 성아를 보고 있으면 그런 내 모습이 보이는 것 같아 감사하다.

엄마가 누릴 수 있는 가장 큰 특권은 무엇일까? 나는 아이가 자신의 길을 찾아가는 모습을 지켜보고 도와주는 것이라 생각한다. 그리고 그 꿈을 함께 꾸어주는 것이라 믿는다. 미래를 그리는 것만큼 사람을 사람답게 살아가도록 하는 것이 있을까? 나는 없다고 생각한다. 그러기에 오늘도 난 꿈을 꾸는 엄마로 살아간다.

2장

엄마가 가르쳐야 하는
희망

3장
아이를 위한
최고의 유산

4장
딸과 함께
하버드대를 다니다

5장

꿈을 찾아
나아가는 딸에게

1장

아이가
내게 온다는 것

단짝이 될
내 아이에게

내가 아이를 위해 한 태교가 있다면
좌절하지 않고 열심히 산 것뿐이었다.
앞으로 우리가 함께 이루어갈 일이 많을 거라 믿었다.

임신 후 배는 점점 불러 왔지만 쉴 수가 없었다. 체력이 떨어지면
서 회사에서는 실수가 많아졌다.

"진, 일을 이렇게 하면 어떡합니까?"

직속상관인 린다가 인상을 썼다. 그녀의 질책은 쉽게 끝나지 않았
다. 나는 미안하다는 말만 되풀이했다. 결국 내 눈시울이 붉어지고
나서야 그녀의 질책이 멈췄다. 화장실 거울 속에 비친 울고 있는 내

모습은 배불뚝이, 그 이상도 이하도 아니었다. 유산 위기를 겪으면서도 잘 견디어주고 있는 아이가 마침 발길질을 했다. 통통통…….마치 '엄마, 내가 있잖아요!'라고 말하듯이.

스물넷에 식모살이하는 사람을 구한다는 이야기를 듣고 한국에서 미국으로 건너간 나는 당시 웨스턴 파머스(Western Farmers)의 경리 사원으로 오전 9시에서 오후 5시까지 근무한 뒤, 저녁에는 식당에서 웨이트리스 일을 하고 있었다. 유산 위기를 겪은 후 식당 일은 그만두었지만 경리 일마저 그만둘 수 없었다. 나의 직장에는 우리 식구들의 생계와 의료보험 혜택이 걸려 있었다.

남편은 영어를 못하는 데다 변변한 기술도 없어 정상적인 직장을 구할 수가 없었다. 자선단체의 목수 훈련생으로 들어가 푼돈을 버는 정도가 다였다. 한국에서는 합기도 사범으로 어깨에 힘주고 다니던 사람이 목수 훈련생으로 전전하자 무척 자존심 상해했다. 남편은 도장을 내고 싶어 했다. 나는 회사 일을 하는 틈틈이 남편을 대신해 도장 자리를 물색하고 장소를 계약하고, 각종 서류 수속까지 처리했다. 심지어 바닥재를 깔고, 전기배선을 하는 일까지 모두 내 손을 거쳤다.

돌이켜보면 그 시절 내가 처한 현실은 녹록지 않았다. 하지만 그래도 행복한 시기였다. 남편은 아들을 바랐지만 나에게 아이의 성별은 중요하지 않았다. 뱃속의 아이는 존재만으로도 현실의 슬픔을 잊게 해주는 희망 그 자체였다.

'엄마가 나를 품고 있었을 때 이런 기분이 들었을까?'

내가 아는 바로는 그렇지 못했다. 엄마는 결혼 후 총 열두 번 임신해서 여섯 차례 유산했다. 당시 한국 사회를 생각해보면 그리 특이한 일도 아니었다. 그래서일까, 엄마는 뱃속에 있던 내 생명에 큰 가치를 두지 않았다.

그럼에도 불구하고 나는 살아남았다. 내 아이 역시 그런 강인함을 물려받은 것 같았다. 과로 때문에 내 몸 하나 돌볼 힘이 없었음에도 아이는 잘도 버텨주었다.

당시에는 태교라는 단어 자체가 흔하지 않았던 때였다. 따라서 내가 뱃속의 아이를 위해 의식적으로 한 태교는 없었다. 굳이 태교라고 할 만한 것이 있다면 어떤 상황에서도 좌절하지 않고 열심히 산 것뿐이었다. 나는 아이가 나의 단짝이라고 생각했다. 현재를 버티고 앞으로를 살아내기 위해 함께할 동료라고 믿었다.

태동이 느껴질 때마다 아이가 나에게 무슨 신호를 보내는 것 같아 온 신경을 집중했다.

'그게 뭘까? 나에게 무슨 메시지를 주려는 걸까?'

틈이 날 때마다 나는 뱃속의 아이에게 말을 걸었다.

"우리는 제일 가까운 사이야, 그렇지? 친한 건 좋은 거잖아."

남편은 딸이 태어나자 아이 얼굴조차 제대로 보지도 않고 병실을 나가버렸다. 그러나 나에 비하면 아이는 행운아였다. 딸아이에게는 그래도 내가 있었으니까.

"나오느라고 애썼어. 아가, 우리는 앞으로 같이 해야 할 일들이 무척 많단다."

아이는 나의 다짐을 안다는 듯이 있는 힘껏 젖을 빨았다.

아이의 이름은 내가 지었다. 위로 이복형제인 성희가 있었기 때문에 돌림자를 '성'자로 삼았다. 별 성(星), 아름다울 아(娥). '아름다운 별'이라는 뜻이다. 약간 낭만적인 기분으로 지은 이름이었다. 언젠가 성아가 모든 사람들이 인정해주는 반짝이는 존재가 되길 바랐다. 그런데 아버지는 외손녀인 성아를 초등학교에 보내면서 호적에다 이룰 성(成)과 자기 아(我)자를 썼다. '자기를 완성한다'라는 뜻이다. 나는 이 뜻 역시 좋다. 딸을 향한 나의 바람도 손녀를 향한 할아버지의 바람과 다르지 않다.

스스로 부딪쳐야
하는 일

아이들 문제는 아이들이 스스로 해결해야 한다.
편견이 있다면 스스로 맞서 싸워나가고,
맞서 싸워나갈 힘이 없을 땐 참는 것도 한 방법이다.

"수고했어. 그리고 고마워."

그토록 갈망하던 아들 성욱을 얻자, 남편은 기쁨을 감추지 못하며 친구들과 축하주를 한다고 서둘러 나갔다. 성아가 태어났을 때 냉랭한 모습이 떠오르자 그런 남편의 뒷모습이 밉살스러웠다.

시어머니에게도 성욱이는 보물이었다. 집안의 대(代)를 이을 손자는 곧 당신 삶의 이유, 그 자체가 되었다. 성욱이가 태어나서 손해본 유일한 사람은 성아였다. 성욱이가 태어나기 전에도 시어머니에게 그리 귀여움을 받지 못했던 성아는, 더욱 찬밥 신세가 되었다. 이런 상황을 알 리 없는 성욱이는 성아만 졸졸 따라다녔다. 성아가 갖고 있는 것은 무엇이든 원했고, 자기 뜻대로 되지 않을 땐 울면서 할머니를 찾았다. 그러면 할머니는 득달같이 달려와 성욱이가 원하는 것을 성아에게서 빼앗아갔다.

성아의 다섯 번째 생일날, 옆집에 살던 제니가 선물로 배트맨 연을 주었다. 성아는 성욱이가 보면 빼앗길까 봐 연을 숨겨놓았다. 그런데 밖에 나갔다 들어오니 어떻게 찾아냈는지 성욱이가 그걸 가지고 놀고 있었다.

"성욱아, 그거 이리 줘!"

와락 달려들어 빼앗아보니 이미 다 망가져 있었다. 아깝고 분한 마음에 성아는 성욱이를 한 대 쥐어박았다.

"할머니!"

성욱이가 자지러질 듯 비명을 지르며 할머니께 달려갔다.

그날 성아는 할머니께 두들겨 맞고 눈이 퉁퉁 붓도록 울었다. 그러나 그날은 물론 이후에도 그 사실을 내게 말하지 않았다.

퇴근했을 때 아이가 운 듯한 모습이어도 달리 방도가 없었다. 시어머니가 아이들을 편애한다는 사실을 알고 있었지만 나는 그저 모른 척했다. 며느리 입장에서 시어머니가 하는 일에 사사건건 간섭할 수도 없었을 뿐더러 아이 편을 들어주는 것만이 능사가 아니라 믿었기 때문이다.

다만 외출할 때면 성아의 마음을 풀어주기 위해 꼭 데리고 다니곤 했다. 머리핀이나 맛있는 음식을 사주는 것이 당시 내가 성아에게 해줄 수 있는 일이었다.

"어릴 땐 성욱이가 참 미웠어. 하여튼 할머니 '빽'만 믿고 내 건 뭐든지 달라고 야단이었으니까. 또 싫다는 데 왜 그렇게 졸졸 따라다니던지……."

몇 년 후, 둘이서 기차 여행을 하는데 성아가 뜬금없이 성욱이 이야기를 꺼냈다.

"성욱이한테는 네가 가장 비슷한 또래니까 따라다닐 수밖에. 또 네가 성욱이가 좋아할 만한 걸 많이 가지고 있었잖아."

"배트맨 연 때문에 속 썩이던 일은 아직도 생생하게 기억나. 좌우지간 성욱이는 뭐든지 할머니한테 일렀고 그럴 때마다 할머니는 나만 때리면서 야단치셨는데 뭐."

"그런데 넌 왜 나한테 한 번도 얘기를 안 했니?"

"몰라, 왜 엄마한테 안 일렀는지. 성욱이가 밉고 할머니가 무서웠지만 엄마한테든 누구한테든 말해야지 하는 생각은 안 해봤던 것 같아."

성아는 그때 내게 일러봐야 소용 없다는 걸 알았는지도 모른다. 할머니가 자신을 때린다고 나한테 일렀다면 나는 시어머니께 싫은 소리를 했을 것이다. 그러면 성아는 더욱 미운털이 박혔을 것이다. 그리고 성아에게 왜 성욱이를 잘 돌봐야 하고, 왜 양보해야 하는지에 대해 일장 연설을 했을 것이다. 어떻게 보든 성아에게 득이 되는 일이 아니었다. 어린 성아가 그것을 눈치챘을지 아닐지는 짐작할 수 없다. 다만 그것이 그리 좋지 못한 행동이란 점은 본능적으로 알고 있었던 듯하다.

나는 좀 무심한 엄마여서 그런지 문제는 본인 스스로 해결해야 한다고 생각한다. 편견이 있다면 스스로 맞서 싸워나가고, 맞서 싸워나갈 힘이 없을 땐 힘을 기를 때까지 참는 것도 한 방법이다.

엄마가 매번 일일이 나서서 못된 형이나 동생들을 혼내줄 수는 없는 노릇 아닌가. 억울하더라도 참아야 할 때가 있다. 살다 보면 그런 일은 도처에 널려 있다. 그런 일을 겪다 보면, 스스로 힘을 기르는 수밖에 달리 방법이 없다는 것을 알게 된다.

딸에게 줄 수 있는 미래

아이를 위해 최선을 다하겠다는 목표 앞에서
나는 흔들리지 않았다. 당장 눈앞에 닥친 현실보다
언제나 앞으로 펼쳐질 미래를 먼저 생각했다.

군대는 남편으로부터 벗어날 수 있는 좋은 방법일 뿐 아니라, 내 인생을 새로 그리기 위해 더없이 좋은 장소였다. 스물여덟 생일 전날, 나는 훈련소에 입소했다. 성아를 낳은 지 여덟 달이 지난 때였고 한 달 전쯤 유산을 해서 몸은 만신창이었지만, 두 달간의 보병 훈련을 견뎠다. 뒤이어 5주간의 주특기 훈련을 마치자 나는 최우수 훈련병으로 뽑혔다. 첫 부임지는 한국이었다.

서울살이는 쉽지 않았다. 서부이촌동에 살림을 차렸다. 남편과의 사이는 여전히 덜걱거렸고 남편과 시어머니 사이도 불화가 생겨 결국 시어머니가 집을 나갔다. 식모를 하나 두어 살림을 맡겼지만, 문제는 여전히 해결되지 않았다. 결국 성욱이만 남겨두고 일곱 살짜리 성희와 두 살짜리 성아, 열네 살짜리 식모를 친정인 제천으로 내려보냈다. 아이를 멀리 보내려니 마음이 편치 않았다. 그리고 그 불길함은 곧 현실로 드러났다.

"야야, 어제 참말로 큰일 날 뿐 했다카이."

아이들이 제천으로 간 다음 날 저녁에 걸려온 엄마의 전화였다. 가슴이 철렁했다.

"아이들이 다 죽다 살았다 아이가. 참말로 시껍했데이."

아침 일찍 아버지는 화투를 치러 경로당에 나갔고, 엄마는 지적장애자인 동생 명규를 데리고 십 리쯤 떨어진 곳에 사는 조카의 생일잔치에 가셨다. 잠깐 점심만 먹고 돌아올 예정으로 두 아이를 식모에게 맡겨두었다.

엄마는 점심을 먹은 뒤 주섬주섬 아이들 먹을 것을 챙겼다. 명규는 좀 더 놀고 싶어하는 것 같아 혼자 일어섰다. 집에 오는 길에 보니 술친구들이 모여서 한잔하고 있었다. 엄마도 같이 어울리고 싶었지만, 마음 한구석에 알지 못할 불안의 그림자가 어른거려 머뭇거렸다.

"내 집에 갔다오꾸마. 서울서 손녀들이 와 있는데 잘 있나 가보고……."

다른 때 같으면 술청으로 들어오라기 전에 먼저 들어갈 엄마였다. 그런데 왠지 그날은 친구들의 만류도 뿌리치고 서둘러 집으로 발길을 재촉했다.

"성아야! 성희야!"

미처 집에 닿기도 전에 엄마는 큰 소리로 아이들 이름을 불렀다. 마당 쪽으로 난 안방 창문은 닫힌 채 커튼이 드리워져 있었다. 안방으로 들어가는 문이 있는 부엌문을 잡아당겼지만 안으로 잠겨 있어 열리지 않았다.

"성아야! 성희야!"

애가 닳아 큰 소리로 불렀지만 집은 쥐 죽은 듯 고요했다. 장독대 옆에 있는 돌이 눈에 띄었다. 부엌문 유리를 깨고 안에 걸린 고리를 풀었다. 부엌으로 통하는 안방문을 열어보니 연탄가스 냄새가 코를 찔렀다. 성아와 성희는 죽은 듯이 방바닥에 엎어져 있었다. 두 아이의 얼굴 근처에는 토한 찌꺼기가 붙어 있었고 식모 아이는 정신을 잃은 채 벽에 기대어 앉아 있었다.

얼른 성아를 안아들자 뿌드득 이를 갈았다. 성희도 끙끙 신음을 했다. 엄마는 얼른 성아를 안고 층계를 뛰어내려왔다.

"아이구, 사람 좀 살리주소!"

엄마의 통곡소리에 아래층 사람들과 이웃 사람들이 몰려들었다. 아래층 아주머니가 엄마에게 식초병을 내밀었다. 엄마는 서둘러 아이들의 코 밑에 칠갑을 했다.

연탄가스는 그 후에도 또 한 번 성아의 목숨을 앗아갈 뻔했다. 성아가 여덟 살 때로, 그 무렵 나는 서울에서 근무하고 있었다. 일 년 전에 뇌출혈로 쓰러진 엄마는 하와이까지 가서 수술을 받아 겨우 살기는 했지만 아직 거동이 불편했다. 이웃에 살던 오빠네가 부모님과 살림을 합쳤다. 오빠에게는 성아보다 두세 살 위의 아들이 셋 있었는데, 집이 좁아 성아는 사촌오빠들과 방을 같이 썼다.

새벽에 화장실에 가려고 잠이 깬 아버지의 귀에 칭얼대는 소리가 들렸다. 아이들 방의 문을 열어보니 손자 셋은 두 손으로 머리를 붙들고 울고 있고, 성아는 죽은 듯 조용히 바닥에 널브러져 있었다.

"성아야! 성아야!"

다급한 고함소리에 온 식구가 잠을 깼다. 아버지는 성아를 들쳐 업고 동네 병원으로 달렸다.

아버지는 있는 힘을 다해 탕탕탕, 잠긴 문을 두들겼다.

"문 좀 열어주소! 우리 아 좀 살려주소!"

의사는 맥을 짚어 보더니 성아를 둥그런 실린더처럼 생긴 통에 넣고 빙글빙글 돌리기 시작했다. 두 손에 얼굴을 묻은 채 아버지는 한참을 초조하게 기다렸다. 그때였다. 캑캑 하는 성아의 기침소리가 들렸다.

아이가 죽을 뻔했다는 얘기를 나는 두 번 모두 수화기를 통해 들었다. 눈물이 흘렀지만 나는 제천으로 달려가지 않았다. 이후로도 항상 아이 걱정으로 마음을 졸여야 했지만, 그 상황에 대해 탄식은 하지 않았다.

'이 아이를 위해 어떻게 하는 것이 가장 좋을까.'

아이를 떼어놓을 수밖에 없는 상황이라면, 그 현실을 받아들이고 아이를 위한 최선의 방법을 찾는 것 또한 나의 현실이었다.

지금도 마찬가지이지만, 그 당시 한국 사회에서는 대접을 받으려면 출세를 해야 했다. 부모가 출세하면 자연히 자녀들도 혜택을 받고 인정받았다. 나의 성공이 중요한 것도 그 때문이었다. 아이를 부둥켜안고 우는 것보다 아이를 향한 미안함과 안쓰러움을 가슴에 접고 나의 목표를 바라보는 게 현명한 선택이었다.

나는 아이를 위해 최선을 다하겠다는 목표 앞에서 흔들리지 않았다. 나는 엄마이고 내 아이들을 사랑했다. 하지만 안달하지 않았다. 어쩌면 다른 사람들 눈에는 내게 한국 어머니에게서 느껴지는 모정이 없는 것처럼 보일 수도 있겠다. 하지만 나는 당장 눈앞에 닥친 현실보다 언제나 미래를 먼저 생각했다.

아이를 위한 선택

내가 할 수 있는 최선의 방법을 선택해야 했다.
이미 가정이라는 울타리가 깨진 경우
이혼은 또 다른 선택이 될 수 있다.

신혼은 '서로를 길들이는 기간'이다. 오랫동안 다른 환경에서 다른 생각을 가지고 살아온 두 사람이 이 과정을 우아하고 현명하게 넘기기 위해서는 사랑과 이해 그리고 양보가 필요하다. 결코 쉽지 않은 일이지만 이 과정을 잘 거친다면 두 사람은 오래토록 함께 긴 여정을 즐길 수 있다. 또한 그들이 꾸린 가정은 자녀들에게도 따뜻하고 안전한 보금자리가 된다.

하지만 나는 그렇지 못했다. 남편은 아내에게 복종을 원했다. 마누라란 존재는 일 년에 서너 번 두들겨 맞아야 제자리를 안다고 여겼고, 그는 이 생각을 실천에 옮겼다. 시도 때도 없이 폭발하는 것은 물론, 성질이 날 땐 손찌검을 동반하는 것도 서슴지 않았다. 나는 분노했다. 그렇지만 달리 방법을 세우지 못하고 그 순간을 벗어나기에만 급급했다. 결국 남편을 올바로 '길들이기'보다는 그의 주장을 관철시키는 데 일조한 셈이다.

표면상으로 나는 모든 이에게 칭찬받는 아내였고, 우리 가정은 행복해 보였다. 그러나 탈출구를 찾지 못해 쌓이기만 하던 분노는 가슴 밑바닥에서 저주로 자라고 있었다. 아이가 태어나고 시간이 지나도 달라지지 않았다. 우리는 자주 이혼을 거론하게 되었다. 그럴 때마다 나는 아빠 없이 자라야 하는 성아가 가여워 견딜 수가 없었다. 그래서 또다시 참았다. 우리는 결혼 7년 동안 이혼에 합의했다가 다시 합치기를 되풀이했다. 반복되는 이혼 시도와 화해 그리고 후회. 내 자신의 변덕이 죽도록 싫었고 남편에 대한 저주만큼이나 내 자신도 저주했다.

"성희야, 아무 일 없으니까 동생 데리고 방에 들어가 있어."

둘째인 성욱이를 임신하고 있을 때였다. 남편이 사소한 일로 폭발 직전에 있을 때 아이들이 방에서 나왔다. 나는 재빨리 아이들을 방으로 밀어 넣었다. 아이들이 방문을 닫는 순간, 남편의 발이 만삭된 내 배로 날아왔다.

저주는 증오로 바뀌었다. 급기야 나는 '총이 있다. 총으로 남편을……'이라는 생각까지 하게 되었다. 그래도 참았다. 밖으로 발산되지 못한 분노는 엉뚱한 행동으로 이어졌다. 평소 나는 분풀이로 아이들을 야단치거나 때리는 것을 금기로 삼아왔다.

그날 나는 성아를 데리고 샤워를 하고 있었다. 머리를 감다가 눈에 비눗물이 들어가자 성아는 눈이 따갑다면서 칭얼댔다. 다른 때 같았으면 바로 씻겨줬겠지만, 갑자기 울컥하는 기분이 들어 성아를 벽으로 확 밀쳐버렸다. 성아는 쿵 하고 벽에 머리를 찧으며 목욕탕 바닥으로 넘어졌다. 갑작스런 엄마의 폭행에 놀란 성아는 부딪힌 뒤통수를 만지며 눈을 동그랗게 뜨고 나를 올려다보았다. 울먹울먹 입을 삐죽거리던 아이의 눈에선 소리 없이 눈물이 넘쳐나고 있었다. 그제야 나는 정신이 들었다.

서로를 사랑하고 희생하며 설사 싸울 일이 있다 하더라도 참을 수 있는 게 이상적인 가정일 것이다. 그러나 그럴 수 없는 환경이라면 최선의 방법이 무엇인지 생각해봐야 한다. 어떻게든 가정이라는 울타리를 지킬 것인가, 아니면 다른 방식으로 아이를 훌륭하게 키울 것인가.

인내력이 바닥난 상태에서 나는 남편에게, 나에게 그리고 성아에게 무슨 짓을 할지 몰랐다. 만약 남편을 진짜로 총으로 쏘았다면 나뿐만 아니라 아이들의 인생은 어떻게 되었겠는가. 이미 가정이라는 울타리가 깨진 경우 이혼은 또 다른 선택이 될 수 있다.

단순히 이혼하지 않기 위해 함께 산다는 것은 별 의미가 없다. 그럴 때, 나의 목표는 진정 무엇인가를 응시할 필요가 있다.

아이는
강하다

아이는 좀 무관심하게 키워야 되는 모양이다.
부모가 언제까지나 이것저것 챙겨줄 수 없는 한
잡초처럼 키워야 스스로 강인해지는 법을 배운다.

남편과 이혼할 무렵 프로포즈를 받았다. 그는 나보다 열 살 연하
로, 총각에다 아버지가 판사인 미국의 상류층 남자였다. 거듭되는
그의 구애를 받으며 나는 여성으로서 자존감이 회복되었고, 결국 그
의 마음을 받아들였다.

결혼을 하자마자 독일로 발령을 받는 바람에 나와 양녀인 귀자, 성
아 그리고 남편 톰은 독일로 갔다. 그해 독일에서의 행복은 너무 짧

왔다. 3월에 둘째 동생 광규가 교통사고로 목숨을 잃었다. 성아를 데리고 광규의 장례식에 간 사이 스물네 살의 혈기왕성한 톰과 양아버지에게 호감을 갖고 있던 열여덟 살 귀자 사이에 사고가 일어났다. 귀자가 법적으로는 열여섯 살의 미성년자이기 때문에 톰은 결국 불명예 제대를 해야 했다. 술을 먹고 저지른 한순간의 실수로 그는 평생 불명예를 짊어져야 했다.

그게 끝이 아니었다. 톰과 귀자가 저지른 사고를 수습하기 위해 백방으로 뛰어다니고 있는 와중에 동생 명규가 백혈병에 걸렸다는 소식을 들었다.

"나오문 뭐하겠노. 차라리 잘된 기지 싶다. 어차피 내 죽을 때는 맹규를 같이 데리고 갈라캤는데⋯⋯."

아버지는 당신과 엄마가 없으면 누가 지적장애인인 명규를 보살펴줄 것이냐며 차라리 잘된 일이라고 억지를 부렸다. 가엾은 명규, 엄마의 슬픔 그리고 아버지의 떨리는 목소리를 잊으려 나는 미친 듯이 일에 몰두했다.

톰은 미국의 한 대학원으로 떠났고, 귀자도 다른 가정으로 옮겨갔다. 결국 독일에는 성아와 나만 남게 되었다. 그들이 떠나자 나에게는 당장 현실적인 어려움이 닥쳤다. 성아를 돌봐줄 사람이 없었던 것이다.

나는 새벽에 출근해 밤늦게야 귀가했다. 선진국인 독일에서 어린

아이를 보호자도 없이 혼자 방치하면 법적인 문제가 발생한다. 할수 없이 내가 퇴근할 때까지 이웃 독일 아주머니에게 성아를 부탁했다. 그 집에는 성아보다 두어 살 어린 딸이 있었는데, 서로 말은 안통해도 한동안 사이좋게 잘 지냈다. 그러다 무슨 일이 있었는지 성아가 더 이상 그 집에 가기를 꺼려했다. 성아는 학교에서 돌아오면 그냥 집으로 왔다.

아이 때문에 일이 손에 잡힐 리 없었고 하루 종일 그 문제로 고민했다. 엎친 데 덮친 격으로 30일간 미군과 독일군의 합동 훈련에 참가하게 되었다. 훈련장은 내가 근무하던 곳에서 몇 시간이나 떨어진 곳에 위치해 있었다.

더 이상 성아를 곁에 둘 수 없게 되자 제천의 부모님께 보내기로 결심했다. 입대하기 위해 여덟 달된 아이를 로스앤젤레스 공항에서 사촌언니에게 의탁해 한국에 보낸 적이 있다. 그렇지만 이번에는 동행해줄 어른조차 없었다. 성아는 겨우 일곱 살이었다. 아이를 혼자 보내기 위해 나는 여행사부터 알아봤다.

"걱정 안 하셔도 됩니다. 아이는 안전하게 보호되고 문제없이 인계될 것입니다."

여행사 사무원은 누차 나를 안심시키려 애썼다.

"나 혼자서도 한국에 갈 수 있어, 엄마."

걱정하는 엄마의 마음을 이해한다는 듯 아이가 오히려 나를 위로했다. 티 없이 맑은 아이의 눈동자를 바라보자 갑자기 시야가 흐려져왔다.

며칠 후, 성아를 한국으로 보내기 위해 성아와 함께 프랑크푸르트 공항으로 향했다. 성아는 집을 나선 지 얼마 안 되어 곧 잠이 들었다. 공항은 사람들로 북적댔고 그 인파 속에서 성아를 승무원에게 인계할 땐 목이 메었다.

"엄마, 안녕! 한국에 가서 전화할게요."

성아는 대수롭지 않다는 듯 씩씩하게 말했다. 그리고 이내 금발의 여승무원 손을 잡고 탑승구로 걸어갔다. 성아는 한 번도 뒤돌아보지 않았다. 멀어져가는 아이는 무너질 듯 서 있는 나보다 훨씬 강단이 있었다. 성아는 탑승구에 들어가서야 뒤돌아 손을 흔들었다. 키 큰 승무원 옆에 서 있는 성아는 애처로울 정도로 작았다. 도대체 내가 무엇을 위해 저 어린 것까지 이런 상황으로 몰고 있는지 이해가 가지 않았다. 불현듯 모든 걸 포기하고 싶어졌지만 다시 마음을 다잡았다.

'지금까지 그 많은 상처와 고통도 잘 이겨냈잖아. 이제 힘든 일은 다 끝났어. 괜찮을 거야. 괜찮을 거야.'

울음을 참으며 차에 시동을 걸었다.

'괜찮다고 했잖아. 잘 도착할 거야, 걱정 마. 성아는 혼자서도 잘해

낼 수 있어.'

나는 혼자 무슨 주문처럼 되뇌며 시간이 흘러가기만을 간절히 바랐다.

시간은 더디게 갔다. 몸은 무척 피곤했지만 밤이 깊어도 잠이 오지 않았다. 텔레비전에서는 〈댈러스〉라는 미국 드라마가 방송되고 있었다. 얼굴들은 낯이 익은데 집중할 수 없었고 따라서 무슨 내용인지 전혀 파악할 수 없었다. 새벽까지 멍하니 텔레비전에 눈을 박고 있자니 처음 미국에 갔던 때가 떠올랐다.

10년 전, 나는 아버지가 빚을 내어 마련해준 100달러만 달랑 들고 식모살이하러 태평양을 건넜다. 무슨 일이 생기더라도 돌아올 비행기값이 없었으므로 죽음을 각오해야 했다.

'그래, 그때보다는 지금이 훨씬 나아.'

나는 나에게 용기를 줄 구실을 찾고 있었다.

"엄마, 나 잘 왔어."

제천에서 전화가 걸려왔다. 아이의 이름만 불러놓고는 말을 잇지 못하자 눈치 빠른 성아가 계속 재잘거렸다.

"비행기에서 언니들이 그림책도 주고 장난감도 줘서 참 재미있었어. 언니들이 자꾸 와서 먹을 걸 갖다 주고……. 그러면서 또 뭐 먹고 싶은 거 없냐고 물어보는 거 있지."

"그래, 성아야. 할머니, 할아버지 말씀 잘 들어야 되는 거 알지?"

"응, 알아요."

아이는 꼬박 하루가 걸리는 여행에도 피곤한 기색이 없었다. 독일에서 파리로 가서 그곳에서 비행기를 갈아탄 다음 일본으로 날아가 다시 한 번 더 비행기를 갈아타고 한국에 갔다. 여행사에서는 비행기를 갈아탈 때마다 아이를 책임지고 인수인계했다. 시스템은 믿을 만했지만, 두려움은 어쩔 수 없었다.

그러나 아이는 이미 엄마와 떨어지는 데 적응이 된 터라 겁이 없었다. 여러 걱정들로 나와 제천의 부모님은 속을 태운 반면, 아이는 오히려 여행을 또 하나의 새로운 일로 받아들였다. 이것이 어른과 아이의 다른 점인지도 몰랐다. 현실을 있는 그대로 받아들이는 것과 받아들이기도 전에 걱정하며 겁부터 먹는 것.

어쩌면 성아의 이런 대범함은 내가 여느 엄마들과 달리 집에서 이것저것 챙겨줄 겨를이 없었기 때문에 형성된 것인지도 몰랐다. 늘 바빴던 나는 아이의 작은 부분까지 관심을 가져줄 수가 없었다. 집에는 양언니가 있었지만, 부모와 같을 리 없었다. 그래서 아이로선 누군가의 보살핌을 받는 게 신나는 일이었다. 결과적으로 외가에 도착한 일은 아이한테 여러모로 다행이었다.

그때 일을 돌이켜보니 아이는 좀 무관심하게 키워야 되는 것 같다. 부모가 언제나 자식을 챙겨줄 수 없고 또 언제까지나 시시콜콜 도와

줄 수 없다. 어떤 면에서는 잡초처럼 키워야 스스로 강인해지는 법을 배울 수 있는 것이다.

나는 두어 살 때부터 혼자 방치됐고, 조금 커서는 일곱 식구의 빨래며 살림을 도맡아 했다. 새벽 5시만 되면 아침밥을 짓고, 밥상을 차려 식구들을 챙겨 먹인 다음 설거지까지 다 해놓고 학교에 갔다. 학교에 갔다 오면 이번에는 저녁밥과 저녁 설거지가 기다리고 있었고, 엄마가 하는 가게 뒷설거지며 청소도 도와야 했다.

이렇듯 가혹한 삶의 조건이 나를 강하게 키웠듯이 성아도 그러했다. 챙겨줄 수 있는 최소한 것만 챙겨주고 나머지는 아이에게 맡기다보니 아이는 으레 그런 것인 줄 알고 자신의 일은 자신이 알아서 처리해 나가게 되었다.

독일에서 성아는 혼자 밥을 챙겨 먹고, 제가 먹은 걸 치우고, 혼자 놀면서 밤 10시나 되어서야 돌아오는 엄마를 기다렸다. 그런 성아는 열여덟 시간씩 비행기를 타고 한국 땅에 가야 한다고 해도 겁을 내기는커녕 순순히 받아들였다. 할머니, 할아버지는 성아의 처지를 딱하게 생각했지만, 성아는 자신을 돌보는 것에 단련되어 있어서인지 그런 것에 전혀 개의치 않았다. 자신에게 닥친 현실을 혼자서 판단하고 감당해 나갔다.

아이들은 강하다. 간섭을 안 하면 안 할수록 스스로 강해져 간다. 아무튼 성아의 꿋꿋한 행동은 당시 내 불운을 극복하는 데 큰 힘이었다. 머나먼 제천에서 아이가 전화통에 매달려 울고불고했다면 나는 흔들렸을지도 모른다. 성아의 꿋꿋함으로 인해 나는 일에만 몰두할 수 있었다.

가족애라는 선물

성아는 마치 다큐멘터리 사진작가처럼
있는 그대로의 모습을 찍어댔다. 그 사진들을 보노라면
생의 한순간이 이토록 유쾌할 수도 있음에 감사한다.

성아를 제천으로 보낸 것은 신의 은혜에 가까웠다. 제천 집에는 엄마, 아버지, 명규 그리고 오빠 내외가 한 집에 살고 있었으므로 성아는 별안간 대가족의 일원이 됐다. 더 어렸을 때 잠시 머무른 적이 있었지만 그때는 손님의 처지에 가까웠다. 하지만 이미 초등학생이 된 성아에게 그들은 그저 친척이 아닌 한 공간에 사는 '가족'이었다.

집안의 어른들은 엄마와 떨어져 사는 성아를 가여워하며 더 예뻐

했고, 그럴수록 성아는 행복해했다. 이들과의 생활은 미국에서도 이어졌다. 성아에게 '나의 가족'이라 불릴 수 있는 이들이 형성된 것이다. 내겐 어쩔 수 없었던 선택이 성아에게는 절대 필요한 가족애라는 선물로 바뀐 것이다.

"성아 여기 살 때 보면 참 싱거웠어."

뜬금없이 오빠가 말했다. 어느 토요일 아침, 엄마와 오빠 내외 그리고 명규와 함께 인근의 맥도널드로 아침을 먹으러 갔다. 아버지가 살아계실 때 생긴 우리 집의 '전통'이다. 그곳에서 아침을 먹으며 우리는 한 주 동안 있었던 일들에 대해 한가로이 얘기를 주고받았다.

"함께 백화점 같은 데 가면 얼마나 까부는지. 좌우지간 부끄럼도 쑥스러움도 없었으니까. 우선 들어가면서부터 모자고 옷이고 가방이고 뭐든지 닥치는 대로 다 써보고 입어보고 걸쳐봤다니깐. 선글라스도 모조리 다 껴보고는 까불면서 폼 잡는 거 보면 참 가관이었어."

오빠 말이 끝나기가 무섭게 올케가 거들었다.

"그래놓고는 한 개도 안 사고. 내가 성아 보고 '너 같은 손님만 오면 백화점 장사 하나도 안 되겠다.'라고 했더니 뭐랬는지 아세요? '헤헤' 하고 웃더니 '살 돈이 없으니 여기서라도 폼을 재볼 수밖에 없잖아요.' 하는 거 있죠. 그러더니 '내가 이렇게 까부니까 삼촌이랑 외숙모도 재밌죠?' 하며 팔에 매달리잖아요. 하여튼 웃기는 애였어요."

우리 집에는 재밌는 사진이 많다. 할머니가 속옷 바람으로 누워 있는 것, 명규가 하품하는 것, 할머니랑 성아랑 이상한 포즈로 끌어안고 있는 것, 조카들이 코딱지 후비는 것, 내가 굳은살 뜯느라 인상 찌푸리고 있는 것 등.

성아는 자동카메라를 들고 다니며 마치 다큐멘터리 사진작가처럼 있는 그대로의 모습을 찍어댔다. 그 사진을 통해 우리 식구들의 아주 사소한 일상을 엿볼 수 있다. 성아는 사진을 보면서 "외삼촌 재밌지!", "외숙모 재밌잖아!" 하면서 깔깔거리곤 했다. 성아의 말대로 그 사진들을 보노라면 '생의 한순간이 이토록 유쾌할 수도 있구나' 라는 걸 새삼 느끼게 된다.

우연히 집에서 뒹구는 카세트테이프를 틀다가 깜짝 놀랄 때도 있다. 식구들이 깔깔대는 소리, 아버지가 야단치는 소리, 명규의 방귀 소리 같은 가족들의 낯익은 소리가 퍼져 나오기 때문이다.

나 역시 유쾌한 장난을 즐기는 사람이다. 어쩌다 낯선 곳에 가면 모르는 사람한테도 아는 척 웃으면서 인사를 하고 지나간다. 군복을 입고 있을 때도 그랬고, 지금도 이따금 그런 장난을 친다.

성아도 어릴 때부터 나의 장난을 자주 봤기 때문인지 언제 어디서나 장난기가 발동한다. 자신의 장난에 배를 잡고 웃어줄 만한 사람이 있으면 성아의 쇼맨십은 어김없이 발휘된다. 생전 처음 보는 사람을 붙들고 오랫동안 이야기를 나누기도 하고, 아무에게나 웃으며 아주 친한 척 인사를 한다. 성아의 인사를 받은 사람은 속으로 많은 생각을 할 것이다.

'저 사람, 나를 누구와 착각했겠지.' 혹은 '저 사람은 나를 아는 것 같은데 어디서 본 사람일까?'라고.

성아의 별명은 '까불이'였다. 제천의 동명초등학교에 다닐 때는 선생님 앞에서 책상 위를 껑충껑충 뛰어다니기도 했다. 그러나 미움을 받지는 않았다. 수업이 끝난 뒤였기 때문이다. 까불더라도 나름대로 때와 장소를 구분할 줄 알았다.

성아가 미움을 받지 않은 또 다른 이유는, 평소 버릇이 나쁜 아이가 아니었기 때문이다. 성아는 예의를 잘 지키는 아이였기에 간혹 황당한 짓을 해도 너그럽게 이해할 수 있었던 것이다. 눈치가 있고 버릇없이 굴지만 않는다면, 아이들의 까부는 짓은 오히려 귀엽고 친근할 수 있다.

성아의 까불이 기질은 가족들과 부대끼면서 더욱 살아났다. 독일에서는 아침 6시에 나가 밤 11시에 들어오는 하숙생 엄마와 살았지만, 한국에 와보니 할머니, 할아버지, 사촌오빠들 그리고 명규 삼촌 등 자신을 보살펴주는 가족들이 있었다. 성아는 식구들이 즐거워할 수 있는 짓, 귀염받을 짓을 하고 싶었던 것이다. 어느덧 자라 결혼까지 했지만 집안에서는 아직도 성아에게 까불이란 별명이 통한다. 만년 집안의 막내다.

존경받는
엄마가 되려면

키우는 과정이 너무 힘들 땐
훌륭하게 자라 있을 아이를 자주 상상해보는 것도
자신에게 용기를 줄 수 있는 한 방법이다.

나는 이제껏 딱 한 번밖에 성아에게 매를 들지 않았다. 성아가 천
사여서가 아니다. 성아 역시 다른 아이들처럼 할머니, 할아버지에게
떼쓸 때도 많았고 말을 안 듣기도 했다. 할머니, 할아버지는 성아가
끝까지 말을 듣지 않을 땐 "엄마한테 일러준다."라는 한마디로 문제
를 해결할 수 있었다. 성아는 어렸을 때부터 나를 무척 따르면서도
어려워했다.

냉장고에는 항상 나를 위한 '엄마 반찬'이 따로 있었다. 무를 통으로 썬 깍두기였는데, 미국에 있을 때도 엄마는 늘 이것을 챙겼다. 이것은 식구들 중 누구도 손을 대지 못했다. 눈에 넣어도 안 아픈 손녀가 아무리 먹고 싶어 해도 못 먹게 했다. 이 반찬은 나에 대한 어떤 특별한 대접을 의미했다.

나는 집안의 경제를 책임진 사람이자 집안에 무슨 일이 생기면 해결해주는 실질적인 가장이었다. 어머니, 아버지 그리고 시어머니까지 대체적으로 나의 의사를 존중해주었다. 그러한 어른들의 행동을 보고 자란 아이들이 나를 공경하는 것은 너무도 당연했다. 내가 하지 말라고 한 적은 없었지만, 성희는 엄마가 싫어하는 행동은 알아서 하지 않았다. 자연히 성아도 언니의 행동을 따라갔다.

나는 부모 말을 잘 듣는 아이로 키우기 위해 나름대로 몇 가지 원칙을 세웠다.

첫 번째로 가정에서 부부나 어른들은 서로를 존중해야 한다. 특히 가장을 세워줘야 한다. 그러면 아이들도 부모의 말을 귀중한 것으로 여기고 따르게 된다. 성아는 어릴 때를 회상하면서 엄마의 말은 어떤 의문도 없이 그대로 받아들였다고 했다. 온 식구들이 다 내 말을 따라주었기 때문에, 당연히 자신도 그래야 한다고 받아들인 것이다.

그러기 위해서는 엄마든 아빠든 둘 중 한 사람은 아이들 앞에서 존경받을 위치에 있어야 한다. 아이들 앞에서 어느 정도의 연출도 필요하다. 아이들 앞에서 싸우면 안 되는 것도 바로 이 때문이다. 싸움을 하다 보면 서로 무시하고 자존심을 건드리는 말을 할 수밖에 없다. 심한 경우 서로 입에 담지 못할 욕을 하기도 한다. 이런 모습을 본 아이들한테 아버지는 무슨 무슨 놈이고, 어머니는 무슨 무슨 년이다. 아이들이 그런 부모의 말을 잘 듣겠는가. 이혼을 하더라도 아이는 누군가가 키워야 하므로 아이들 앞에서는 절대로 권위를 잃을 만한 행동을 해서는 안 된다.

나는 아이들을 재워놓은 밤에야 비로소 남편에게 낮에 있었던 부당함에 대해 토로했다. 오빠네는 부부 싸움할 일이 있으면 집 주위의 산책로를 걸으면서 싸운다. 미국 가정에서는 집이 아닌 차 안에서 부부 싸움을 하는 경우도 많다.

두 번째 원칙은 아이를 야단치고 윽박지르기보다 아이의 잘못을 깨닫게 해주는 것이다. 야단을 칠 때 나는 아이를 방으로 불러 잘못한 것에 대해 말해주고, 또 아이에게 해명할 기회를 주었다. 경우에 따라 내가 오해했을 가능성도 있기 때문이다. 때로는 "만일 네가 엄마였다면 어떻게 하겠니?"라고 물으며 야단칠 수밖에 없는 엄마의 입장을 이해할 기회를 주기도 했다.

다른 사람들 앞에서 야단쳐서 아이를 망신시키는 것보다는 이 방법이 훨씬 효과적이다. 닫힌 공간에 아이와 단둘이 있다 보면 아이는 내 눈을 똑바로 바라봐야 하는 부담이 있다. 아이가 아니더라도 폐쇄된 공간에서 자신보다 높은 위치의 상대와 단둘이 있으면 누구든 위압감을 느끼게 마련이다.

언젠가 성아는 할머니가 해준 볶음밥을 안 먹겠다고 했다. 엄마는 여느 한국 어머니처럼 밥 챙겨 먹이는 게 사명인 분이었다. 그러므로 단 한 발도 물러서지 않으셨다. 당연히 실랑이가 벌어졌다. 할머니가 강요하자 성아가 "할머니, 안 먹는다고 했잖아요."라고 신경질을 팩 냈다.

나는 옆에서 지켜보기만 하다가 두 사람의 실랑이가 끝났을 때 성아에게 "엄마 좀 보자."라고 불렀다.

나는 방으로 먼저 들어가서 성아가 들어오기를 기다린 다음 문을 잠갔다.

"너를 야단치려는 게 아니라, 아까 할머니가 주시는 음식을 그런 식으로 안 먹겠다고 거부하는 건 버릇없는 행동이라고 생각하는데, 네 생각은 어떠니?"

"엄마, 그게요……. 저는 그냥 배가 불러서 그런 건데요……."

"엄마 같으면 '지금은 배가 부르니 나중에 먹겠어요.'라고 했을 거야. 너를 위해 그걸 만드신 할머니는 얼마나 속상하시겠니?"

"할머니께 그렇게 한 것은 잘못했어요."

내 눈을 바라보지도 못하고 성아는 굵은 눈물을 뚝뚝 흘렸다.

나는 엄할 때는 얼음장처럼 차가웠다. 그래서 "엄마 좀 보자."라는 말이 떨어지기 무섭게 성아는 덜덜 떨기 시작했고, 문을 잠그면 그때부터는 눈물을 흘렸다. 부모님은 아이한테 그렇게 하는 걸 아이 잡는다고 생각하셨는지 웬만한 잘못은 덮어두려 했다. 다행인 건 성아가 방으로 불려갈 일이 많지 않았다는 것이다.

세 번째는 약속을 지키는 것이다. 무슨 약속이든 아이와 한 약속은 반드시 지켜야 한다. 그래야 부모의 말을 믿게 된다. 설령 다음에 한 번만 더 이런 행동을 하면 매를 든다고 한 약속이라도 마찬가지다. 매를 맞을 것이라고 했으면 반드시 매를 들어야 한다. 말만 하고 끝을 내면 아이는 다음에 또 그런 행동을 한다. 엄마가 매를 들지 않을 거라는 걸 잘 알기 때문이다.

반면에 벌을 주겠다고 했을 때 진짜로 벌을 주는 일이 몇 번 쌓이다 보면 아이는 잘못을 했을 경우 벌을 받는다는 사실을 깨닫고 행동을 고치게 된다.

벌의 종류는 아이마다 다를 것이다. 성아는 만화를 무척이나 좋아해서 "그러면 만화 못 보게 한다."가 주효했다. 엄마가 약속을 지키는 걸 알기 때문에 성아는 내 말이 떨어짐과 동시에 행동을 고쳤다.

내가 이런 원칙들을 세워 아이를 키웠다는 것은 거의 기적과도 같은 일이다. 나는 누구한테서도 자녀 키우는 법을 배우지 못했다. 엄마는 폭발을 잘했다. 큰소리로 닦달하는 것은 예사고, 욕도 잘했고, 툭하면 빗자루를 들고 때렸다. 덕분에 나는 분한 마음을 억누르며 복수심을 키워갔다.

'나한테 강요하고 부당하게 한 것은 언젠가 갚아주고 말 거야.'

다행히 성아에게는 이런 복수심이 없는 것 같다. 강요당하거나 자존심을 짓밟히거나 부당하게 대접받은 적이 상대적으로 적기 때문일 것이다. 성아는 자존심은 강하지만 어른의 말을 거역할 줄 모르는 아이로 컸다.

아이들은 어렸을 때부터 확실하게 길들여야 한다. 몇 가지 원칙들을 세워 그에 어긋나지 않게 키우려면 엄청난 인내력과 자제력이 필요하다. 키우는 과정이 너무 힘들 땐 훌륭하게 자라 있을 아이의 모습을 자주 상상해보는 것도 자신에게 용기를 줄 수 있는 한 방법이라고 믿는다.

2장

엄마가 가르쳐야 하는
희망

심부름꾼으로
키워라

어디서나 환영받는 아이로 키우려면 어릴 때부터
열심히 심부름을 시켜서 남을 배려하는 습관을 길러야 한다.
그게 사람들에게 사랑받는 방법이다.

"성아야, 물 좀 가져 온나!"

밥상 앞에 앉자마자 엄마가 물을 찾는다. 물컵을 입에서 내려놓음
과 동시에 또 성아 타령이다.

"야야, 냉장고에서 고사리나물 좀 더 가지고 온나."

한 접시 가득 담겨 있지만 엄마는 성아더러 더 꺼내 먹으라고 성화
다. 성아가 앉아서 고사리나물을 집어 먹으려는 순간, 명규가 국을

흘렀다. 누가 말을 꺼내지 않았지만 성아는 벌떡 일어나서 키친타월을 뜯어온다.

성아가 밥을 반도 먹기 전, 식구들은 밥을 다 먹고 과일까지 한 입씩 베어 물고 이야기꽃을 피운다. 그러면 성아는 식구들의 이야기를 들으며 기분 좋은 당나귀처럼 흥흥거리면서 남은 밥을 먹는다.

엄마와 밥을 먹다 보면 누구든지 한자리에 앉아서 밥을 먹는 게 불가능하다. 끊임없이 뭔가 시키고 닦달해야 직성이 풀리는 분이기 때문이다. 아들에 대해서는 어느 정도 예외가 적용되긴 하지만, 자식을 상전으로 모시는 것은 있을 수 없는 일이다.

성아는 어렸을 때부터 요즘 아이들이 받는 '대우'를 못 받고 자랐다. 할머니의 몸종, 집안의 심부름꾼은 가장 나이 어린 성아의 몫이었다. 집안에서 가장 졸병이었기 때문에 언제나 "성아야!"라는 상관들의 부름에 즉각 응해야 했다. 가족의 일원으로서 자신이 받는 사랑에 대한 일종의 의무였다. '저 어린 것에게 무슨 심부름을?' 혹은 '어린 것한테 저런 걸 하라고 하다니.'라고 사람들이 눈을 둥그렇게 뜨고 쳐다볼 정도로 나는 성아가 어릴 때부터 심부름을 시켰다.

아이가 사랑스럽지 않아서가 아니었다. 누군가는 심부름을 해야 하기 때문이었다. 물을 떠오고, 수저를 챙기고, 때에 따라 할아버지 담배 심부름, 삼촌 돌보기, 설거지 등 웬만한 일은 다 성아 차지였다. 집에서 당연히 그렇게 하는 것으로 알고 자란 성아는 아무 불만

없이 언제나 "성아야!"라는 단 한마디에 움직였다.

어디 가서나 환영받는 사람은 궂은일을 도맡아 하는 사람이다. 나는 친구 집에 성아를 데려가더라도 심부름은 물론 설거지까지 시키곤 했다.

"성아, 정말 착하다!"

"그렇지! 일 잘하지?"

그럴 때마다 돈 안 드는 칭찬으로 마음껏 생색을 냈다. 성아는 주변에서 착하다고 치켜세워주고, 또 엄마가 좋아하니까 칭찬받을 일을 더 열심히 했다. 그러다보니 심부름하는 습관이 아예 몸에 배게 되었다. 누군가에게 무엇이 필요한 기척을 느끼면, 시키지 않아도 잽싸게 일어나 가져다주곤 한다.

부모의 보살핌 없이 꿋꿋이 세파를 헤쳐나가려면 남에게 환영받을 수 있는 아이로 키우는 것이 중요하다. 그런데 요즘 우리나라의 젊은 부모들은 아이들을 어떻게 가르치고 있는가?

가정에서 식사할 때 보면 엄마는 앉아 있을 시간이 거의 없다. 남편과 아이들이 수시로 "여보, 이거 줘.", "엄마, 저거 줘." 하는 바람에 연신 부엌과 식탁을 들락날락해야 한다. 이런 상황이 습관이 될 경우 그 아이는 다른 사람들과 식사할 때 어떤 모습일까?

집에서 어른들을 공경하며 자란 아이는 밖에 나가서도 마찬가지다. 나는 가끔 다른 사람들과 외식 약속이 있을 때 성아를 데리고 가곤 했다. 말을 좀 많이 하는 편인 나는 한번 얘기에 빠지면 먹는 걸 아예 제쳐 놓는 습관이 있다. 어느 때는 진수성찬을 앞에 놓고도 쫄쫄 굶고 집에 와서 라면이나 찬밥으로 때우기도 한다.

하지만 성아가 옆에 있을 때는 굶지 않는다. 언제나처럼 성아는 내 접시에 이것저것 집어다 놓으며 "엄마, 이것 좀 잡숫고 하세요." 하며 챙겨주기 때문이다.

어디서나 환영받는 아이로 키우려면 어릴 때부터 열심히 심부름을 시켜서 남을 배려하는 습관을 갖추도록 해야 한다. 그게 사랑받는 방법이다. 사회는 조직으로 이루어져 있다. 스스로 조직에서 자신의 역할을 찾는 일은 습관처럼 몸에 배어 있어야 한다. 조직의 막내가 궂은일은 하지 않는다면 누가 그 아이를 존중해주겠는가.

네가 직접
경험해봐

경험은 좋은 것이든 싫은 것이든 다 필요하다.
불필요해 보이는 경험이 어쩌면 나중에
더 큰 도움이 될 수도 있다.

성아는 일곱 살쯤부터 직접 계산을 했다. 나는 식당에 가서 밥을 먹으면 밥값을 성아에게 치르게 했다. 수퍼마켓에 가서도 마찬가지였다. 주유소에 가면 기름을 주입하는 일부터 셈을 치르는 일까지 몽땅 일곱 살 성아가 해냈다.

함께 외출할 경우에는 성아가 길을 찾도록 했다. 아는 곳은 스스로 찾아가게 하고, 모르는 곳은 물어서 찾게 했다. 터미널에서 표를 사거나 입장권을 사는 것, 은행에서 현금인출기로 돈을 찾는 것 등은 대체로 성아의 몫이었다. 이런 일은 아이에게 있어 앞으로 살아나가기 위한 방법을 배우는 일종의 훈련이었다.

나는 언제나 무슨 일이든 성아를 앞세우고, 아이가 그 일을 해내는 것을 뒤에서 지켜보는 쪽이었다. 혹 길을 잘못 찾아 헤매는 실수를 하더라도 간섭하지 않았다. 성아는 어른이 하는 일을 해내면서 자부심을 느끼는 눈치였다. 게다가 잘했다고 치켜세워주니 더욱 으쓱해지는 기분이었을 것이다.

"엄마가 해줄게."라는 말은 내 사전에 없다고 해도 과언이 아니다. 대신 "네가 해라."라는 말이 있다. 내가 직접 계산하고 기름 넣고 길을 찾아가는 게 빠르고 편하지만, 아이를 위해서는 빠르고 편한 것만이 좋은 게 아니다.

조금 커서는 이런 훈련이 아르바이트로 대체되었다. 잔디를 깎고 세차를 하고 아이도 보고 전단지도 나눠주는 등의 일을 통해 성아는 삶의 요령들을 익혀 나갔다. 이런 훈련을 통해서 상황 대처 능력, 판단력, 자신감 등이 쌓이다 보니 성아는 겁 없는 아이가 되었다. 안 해본 일에 대해서 호기심을 가지고 덤빌지언정 꼬리를 내리며 뒷걸음질 치지 않았다. 호기심이 생기면 일단 "엄마 한번 해볼게요."라고 적극성을 띠었다.

아이에게 자립심을 길러주어야 하는 가장 큰 이유는 결국 아이는 혼자 살아가야 하기 때문이다. 부모가 언제까지나 아이 옆에서 지켜보며 보호해줄 수 없다. 나는 성아가 경험을 통해 터득할 수 있는 것들을 최대한 빨리, 그리고 많이 숙지하기를 바랐다. 이왕이면 일찍 시작해서 경험을 축적하는 게 아이한테 여러모로 나을 것 같았기 때문이다.

그러나 내가 아무리 노력해도 아이한테 미처 가르쳐주지 못한 것이 있었다. 아이를 존중하면서 키우려다 보니 성아는 '외풍'을 몰랐다. 성아가 중학교 3학년 때였다. 어느 날 소프트볼 연습을 한다며 글러브와 공을 가지고 나갔던 성아가 울면서 들어왔다. 열네 살짜리가 일곱 살 어린애처럼 엉엉 울며 어쩔 줄을 몰라 했다. 성아는 중학교 3학년 때부터 소프트볼 선수였는데 포지션이 투수여서 공 던지는 것뿐만 아니라 받기 연습도 해야 했다.

성아는 그날, 주차장 뒤쪽 아파트 벽에서 연습하고 있었다. 벽은 낡은 판자로 덮여 있었다. 벽에다 던져 튕겨 나오는 공을 받던 중, 공이 아파트 지하실 창틀 근처를 건드린 모양이었다. 집이 워낙 낡아서 창틀과 벽 사이의 판자가 조금 떨어져 나갔다. 그것을 본 집주인은 욕까지 하면서 성아를 마구 혼냈다. 성아는 당황한 나머지 울기만 하다가 그냥 집으로 들어온 것이었다.

그날 성아는 세상의 누군가가 자신에게 그토록 혹독할 수 있다는 것을 처음 경험했다. 당연히 첫 경험은 무섭고 당황스러웠으며 판단을 흐리게 했다. 나는 이 일이 있기 전까지는 성아에게 온실 속 화초 같은 구석이 있을 것이라고는 상상도 못했다. 그 반대로 강인하고 활달하며 모험심이 강하다고 생각했다. 이 일은 내가 성아한테 윽박지르거나 고함을 질러본 적이 없기 때문에 누군가가 자신에게 그렇게 했을 때 대처하는 방법을 몰라서 일어난 해프닝이었다.

"미안하다, 성아야. 너한테 가르쳐주지 못한 게 있었구나. 그럴 때는 '미안합니다, 변상하겠습니다.'라고 했어야지. 그러면 그 사람도 너한테 그렇게 화를 내지 않아."

군대에서는 일부러 모욕적인 언사를 쓰기도 한다. 사람들이 거칠어서도 무식해서도 아니다. 그것이 훈련의 일부이다. 이런 인간적인 모멸감도 못 이겨내면서 목숨이 왔다 갔다 하는 전쟁터에서 어떻게 살아남겠느냐는 것이 이 훈련의 핵심이다.

《삼국지》나《초한지》등에 나오는 '닫힌 성문을 여는 예'가 이와 비슷하다. 성 안의 군사들은 성문을 꼭꼭 닫고 성을 지키고 있었다. 상대보다 군사력이 약했기 때문에 그것이 최선의 방책이었다. 아무리 공격을 퍼부어도 상대가 꿈쩍하지를 않자 공격하는 측에서는 성 안의 군사들을 향해 장부답게 나와서 싸우지 않는다며 바보, 멍텅구리, 비겁자 등 갖은 욕설을 퍼부어댔다.

비겁자 소리에 순간적인 화를 이기지 못한 성 안의 지휘관은 성문을 열고 나와 싸움에 임했다. 결과는 공격자들의 대승이었다. 그런

조롱쯤은 아무렇지도 않게 생각하는 배포가 부족하여 당한 패배였다. 한신이 불량배의 가랑이 사이를 기었던 것처럼 더 큰 목표를 위해서라면 참고 굴욕을 감수해야 할 때도 있다. 살다 보면 부당한 일이나 모욕, 치욕을 이겨내는 힘이 필요하다. 하물며 먼저 잘못을 저질렀다면 해야 할 행동은 빤하다. 세상에는 이런 이치도 있다는 것을 그날 나는 성아한테 일러주었다.

살면서 쌓이는 경험은 좋은 것이든 싫은 것이든 모두 필요하다. 어쩌면 불필요해 보이는 경험이 나중에는 더욱 소중하게 다가올 때도 있다.

그 일을 겪은 뒤 성아는 스스로를 더욱 단련시켜야겠다고 생각한 모양이었다. 고등학교 때는 남자로만 이루어진 정식 야구부에 들어갔고, 대학교 때는 사병 훈련을 시키는 조교에 자원했다. 상관의 모욕적인 언사를 참는 것뿐만 아니라 이번에는 스스로 그렇게 해가면서 자신을 훈련시켜 나갔다. 더워도 덥지 않은 척, 추워도 춥지 않은 척, 화나도 화나지 않은 척, 모멸감을 느껴도 아무렇지도 않은 척하는 배짱과 쇼맨십은 살아가는 데 어느 정도 필요하다.

월급명세서를 보여주다

나는 성아를 불러 앉히고
나의 월급명세서부터 항목별 지출명세서를 작성했다.
그러자 성아는 말없이 고개를 숙였다.

어느 날인가 내가 무심코 돈이 없다고 걱정을 하자 성아가 내게
"은행에 카드 가지고 가면 돈 나오잖아."라고 말했다. 초등학교 저
학년이었던 성아에게 은행 심부름을 시킨 결과였다. 난 고심했다.
그리고 이 기회에 성아에게 돈에 대해 단단히 설명해줘야겠다고 마
음먹었다. 나는 성아를 앉혀 놓고 일일이 노트에 적으며 설명하기
시작했다.

"엄마가 일을 하면 월급이 나오지 않니? 그러면 그것을 몽땅 은행에 넣어두었다가 필요할 때 조금씩 찾는 거야. 엄마가 만약 100달러를 넣어두었다면 100달러만 찾아 쓸 수 있는 거야. 그 이상은 엄마 돈이 아니라서 찾아 쓸 수가 없어. 엄마의 걱정은 지금 찾아 쓸 돈이 얼마 없다는 데 있어."

성아는 이해했다는 듯 고개를 끄덕였다. 내친 김에 우리 집 경제 사정에 대해서도 설명해주었다. 할머니, 할아버지를 모시고 살기 때문에 생활비로 월급의 3분의 1이 들어가고, 3분의 1은 저축을 하고, 그리고 나머지 3분의 1로는 세금을 내고 외식을 하거나 한 번씩 여행을 가는 데 쓴다고 설명했다.

성아는 그전에도 뭘 사달라고 조르는 일이 거의 없었지만, 이후로는 아예 그런 일이 없어졌다. 대신 "엄마, 저 노트 갖고 싶어.", "공이 필요한데 다음에 사줘."라는 식으로 내 눈치를 보며 말했다. 어린 저도 생활비가 바닥나면 먹을 것도 살 수 없다는 사실을 알았기 때문에 물건을 사줄 여유가 있는지 먼저 내 의사를 타진하는 것이었다.

그 당시 성아는 내 말을 꽤나 진지하게 받아들였던 것 같다. 훗날 성아의 일기를 우연히 보게 된 나는 미소를 금치 못했다.

저금을 하면 커서 부자가 될 수도 있습니다. 그래서 낭비를 하지 않고 저금을 열심히 해야 합니다. 그런데 욕심을 너무 부리면 거지가 될지도 모릅니다…….

나는 아이에게 인색하게 구는 엄마는 아니었다. 사달라는 것이 터무니없지만 않으면 그 즉시는 아니더라도 나중에 사주는 편이었다.

그런데 딱 한 번 예외가 있었다. 일본에서 고등학교에 다닐 때였다. 일본어를 가르칠 욕심으로 애써 보낸 사립학교에서 성아가 그곳 분위기에 휩쓸리는 눈치였다. 그전까지는 청바지에 대충 아무 옷이나 입고 다녔는데 주변의 일본 아이들이 머리끝부터 발끝까지 값비싼 브랜드로 치장을 하고 다니자 그걸 자연스럽게 받아들인 것이다.

무엇도 사야 하고 무엇도 사야 하는데, 라는 소리가 종종 성아 입에서 나오곤 했다. 나는 다시 성아를 불러 앉혔다. 이번에는 나의 월급명세서부터 각 항목별 지출명세서를 죽 작성했다. 단돈 1달러까지 살림에 들어가는 구체적인 내역을 보여준 것이다. 당시 성아의 학비며 기숙사비로 한 달에 천 달러씩 들어가고 있는 상황이라 학비 지출이 최고조에 오른 시기였다.

나는 일단 '일본에서의 경험이 너의 인생에 도움이 될 것 같아 입학이 안 된다고 하는 걸 백방으로 노력해서 들여보낸 것'을 상기시켰다. 다양한 경험을 위해 여행을 많이 하고 있는 점도 주지시켰다.

"내가 지금 널 위해서 하는 노력들을 너도 알고 있잖니. 네가 지금 원하는 것이 네 인생에 있어 꼭 필요한 것이라면 빚을 내서라도 기꺼이 지출할 용의가 있지만, 그렇지 않은 것에 대해서는 나는 들어줄 수가 없구나."

성아는 고개를 떨구며 사과를 했다.

"엄마, 미안해! 내가 잠시 엉뚱한 생각을 했나 봐."

나는 내친 김에 마음속에 있던 말들을 다 쏟아놓았다.

"네가 다음에 돈을 많이 벌면 그때는 네 마음대로 써도 좋아. 네 자식한테도 네가 해주고 싶은 거 다 해주고 살아. 하지만 지금은 엄마가 해주고 싶어도 해줄 능력이 안 된단다."

아마 그날이 철이 들고 나서 성아가 내게 미안하다는 말을 가장 많이 한 날일 것이다.

아이들도 이렇게 집안 사정을 이해할 수 있도록 설명해주면 무리한 요구를 하지 않는다. 그리고 부모가 최선을 다하지만 그 이상은 불가능하다는 걸 알게 되면 부모를 원망하기보다 어떻게든 집안에 도움이 될 방도를 찾는다. 다시 말해서 아이들을 너무 어린애 취급하지 말고 한 사람의 당당한 인격체로 대해줄 때 아이 역시 그 역할에 충실하고자 노력하게 된다는 말이다.

강한 부모는 아이들이 아무리 떼를 쓴다 해도 옳지 않으면 아이에게 지고 들어가지 않는다. 예를 들어 어떤 아이가 비싼 장난감을 사달라고 가게에서 마구 떼를 쓰며 울어도 그 장난감이 형편에 비해 비싸거나 필요 없다고 판단되면 절대로 사주지 않는다.

그러한 부모의 '고집'을 보고 아이는 '마구 떼를 쓰며 우는 것'이 아무런 효과가 없음을 배우게 되어 곧 나쁜 버릇을 버린다. 너무 어려서 엄마가 하는 말을 못 알아듣기 때문에 아이에게 져준다는 건 있을 수 없는 일이다. 말이 통하지 않는 어린아이라 할지라도 떼를 쓰면 통한다라는 것을 경험하게 해서는 안 된다. 아이의 버릇만 나빠질 뿐이다.

다른 사람 보기 창피해서 얼른 사주거나 혹은 "다음에 사줄게."라고 무마하려 들면 아이한테 약점만 잡힌다. 차라리 떼를 쓰든 말든 무관심한 척하고 아이를 지켜보는 편이 현명하다. 대신 나중에 아이를 진정시킨 다음 합리적인 대화를 하도록 노력해야 한다.

어린 아이를 둔 부모에게 수퍼마켓은 지뢰밭이다. 아이들이 갖고 싶어 하는 것이 도처에 널려 있기 때문이다. 그곳을 통과하는 것은 서바이벌 게임과도 같다. 아이한테 지지 않는 부모, 수퍼마켓이라는 지뢰밭을 무사히 통과하는 부모만이 아이에게 생존의 법칙을 가르칠 수 있다고 나는 믿는다.

외국어를 배우는
좋은 방법

시간이 해결해주는 문제에 대해서는
그저 아이한테 맡기고 부모는 한발 물러나
지켜봐주는 것이 좋다.

제천에 당도한 성아는 동명초등학교에 입학했다. 그 학교는 부산에서 꼴찌였던 내가 4학년 때 전학 와서 공부에 재미를 붙인 곳이기도 했다.

당시 성아에게 당면한 가장 큰 문제는 언어였다. 성아는 나보다 말을 빨리 배웠지만 잊는 속도도 그만큼 빨랐다. 태어난 지 일곱 달 만에 한국에 보내져서 다섯 살 때 미국으로 돌아왔기 때문에 성아가 처음 배운 말은 한국어였다. 세 살 때는 텔레비전을 보고 〈난 정말 몰랐었네〉라는 유행가를 2절까지 외우기도 했다. 길을 가다가도 "발 길을 돌리려고 바람 부는⋯⋯." 하고 운을 띄워주면 음정, 박자 하 나 안 틀리고 끝까지 동네가 떠나갈 듯 불렀다.

미국으로 돌아왔을 때 성아는 영어를 하나도 못했다. 집에서도 온 식구가 한국어만 사용해서 영어를 배우는 데 아무 도움이 못 되었 다. 그것은 당시 세 살이었던 성욱이도 마찬가지였다. 그러나 나는 그것에 대해 별로 걱정하지 않았다. 생활하다 보면 아이들은 금방 배울 수 있을 거라 생각했다.

아이들은 텔레비전을 즐겨 봤다. 그러면서 한두 마디 영어를 배워 나가고 있었다. 얼마 후에는 손짓 발짓을 쓰면서 이웃집 아이들과 어울리기 시작했다. 아이들과 놀면서 조금씩 영어를 쓰기 시작했고 그들과 친해지는 만큼 영어도 늘었다. 미국으로 온 지 두어 달 후부 터 나는 두 아이를 부대 안에 있는 유아원에 보냈다. 집에 시어머니 와 양녀 귀자 그리고 딸 성희가 있어서 구태여 아이들을 다른 곳에 맡기지 않아도 되었지만, 아이들이 하루에 몇 시간 만이라도 영어권 에서 생활하며 영어에 익숙해지기를 바랐기 때문이다. 두 아이는 쉽 게 적응했고 하루가 다르게 영어를 쓰는 횟수가 늘어갔다.

그러다 내가 성아 아빠와 이혼하고 톰과 결혼한 후 우리 집의 공용 어는 한국어가 아닌 영어로 바뀌었다. 성아는 영어가 늘어갈수록 한국어는 빠르게 잊었다. 동명초등학교로 갔을 때는 한국어를 거의 다 잊은 채였다. 수업은커녕 일상적인 대화도 어려운 수준이었다. 한국어는 성아에게 외국어가 되어버렸다. 까먹은 한국어를 갑자기 생각나게 할 수도 없는 노릇이고, 언어 문제는 조바심을 낸다고 해결될 문제가 아니므로 나는 시간에 맡기기로 했다. 아이들과 함께 어울리고, 텔레비전을 보다 보면 배우겠거니 하고 느긋하게 마음먹었다. 당장은 조금 답답하겠지만 궁극적으로 그것은 성아가 해결해가야 할 문제이기도 했다.

"난 네가 한국어를 잘 못해도 걱정 안 해. 친구들과 놀다 보면 저절로 배우게 되어 있어. 너도 너무 걱정하지 마."

성아에게 전화를 할 때마다 재미있게 잘 지내는지만 물어보았다. 내가 언제 한국어를 배우고 학교 수업을 따라갈지 걱정했다면 아이도 조바심을 냈겠지만, 태평하게 있었던 까닭에 성아도 자신의 문제를 전혀 심각하게 받아들이지 않았다.

"엄마, 쉬는 시간이 되면 아이들이 몰려와서 서로 유리창에 매달리고 난리야. 난 뭐 재미있는 일이 있나 했더니 나를 보러 그렇게 몰려왔대."

다행히 성아는 학교 생활을 좋아했다. 미국에서 온 아이라고 소문이 나자 성아는 학교 내 유명인이 되어버렸다. 성아의 영어 실력을 다들 신기해 하는 통에 성아는 한국어를 못한다는 스트레스를 받을

틈이 없었다. 말은 잘 통하지 않았지만 아이들과 활달하게 잘 어울렸고, 한국어는 자연스럽게 늘었다.

그때를 되돌아보며 내가 깨달은 것이 두 가지 있다. 우선 시간이 해결해주는 문제에 대해서는 때론 아이한테 맡기고 부모는 한발 물러나 있는 것이 좋다.

다른 한 가지는 외국어 습득에 관한 것이다. 어떻게 하면 외국어를 잘할 수 있느냐고 묻는 사람들이 많은데, 그런 사람들에게 재미있는 텔레비전 프로그램을 보라고 권하고 싶다. 한국어도 영어도 성아에게는 모두 낯설기는 마찬가지였다. 한국어를 하면 영어를 잊어버리고 영어를 하면 한국어를 까먹었다.

성아의 경우 또래 아이들과 놀면서 외국어를 익혀 나가기도 했지만, 주로 텔레비전과 만화를 통해서 많이 배웠다. 학교에 갔다 오면 만화영화부터 보기 시작해 연속극, 쇼프로그램까지 이 채널 저 채널 돌려가면서 텔레비전를 봤다.

나 역시 영어를 배울 때 텔레비전 덕을 톡톡히 보았다. 외국어를 배우는 데는 귀머거리 3년, 벙어리 3년이라고도 하지만, 하루 몇 시간씩 텔레비전을 틀어놓고 보니까 어느 정도 귀가 뚫렸다. 귀가 뚫리자 텔레비전에서 들은 문장이 현실 속 비슷한 상황에서 내 입을 통해 자연스레 흘러나오곤 했다.

결론을 말하자면, 어느 나라 말이든 말을 익히려고 할 때 너무 못한다고 걱정하지 말고 놀면서 공부하는 게 가장 효과적이다. 이 이 야기 저 이야기에 끌려 다니며 짧은 시간에 이루려고 하지 말자. 길 게 생각하면 이루지 못할 일이 없다. 놀 땐 놀고 공부할 때는 공부해 야 한다. 이것도 저것도 아닌 상황이 가장 안 좋다. 부모는 그저 아 이에게 적절한 상황만 만들어주면 된다.

주변의
긍정적 에너지

선생님과 친구들의 배려가 없었다면 좌절했을지 모른다.
어려움은 용기만 있으면 극복된다.
그리고 그 용기를 주는 것은 주변의 사랑과 관심이다.

성아는 운이 좋았다. 1학년 담임선생님이 외삼촌의 친구였다. 무엇보다도 그 선생님은 학생들에게 헌신적이었다. 그는 정규 수업이 끝난 뒤에도 두세 시간씩 성아를 붙들고 한국어를 가르쳤다.

"내가 정신도 없고 니 올케한테 살림을 맡기고 일을 나뿌리서 몰랐는데 낭중에 보이까네 야가 맨날 선생님 밴또를 뺏아 묵고 있은 기라."

언젠가 당시의 일을 회상하며 엄마가 들려주신 말이다.

집에 오는 시간이 다른 1학년생들보다 두세 시간 늦었지만 엄마는 아이에게 도시락을 싸줄 생각은 안 해봤던 것 같다. 그러던 어느 날 성아네 선생님이 오빠를 만났을 때 성아에게 도시락을 싸서 보내라는 얘기를 했다. 그렇잖아도 어린 것이 말도 안 통하는 데서 엄마와 떨어져 사는 게 애처로웠는데 밥까지 굶는다고 생각하니 콧등이 시큰거렸다.

"성아야, 늦게까지 공부하고 집에 오는데 점심도 못 먹고 배고팠지?"

그날 저녁 오빠는 텔레비전에 빠져 있는 성아를 무릎에 앉혀놓고는 말을 걸었다.

"아니, 선생님이 밥 줘."

텔레비전에서 눈을 떼지 않은 채 성아가 떠듬거리며 대꾸를 했다. 잘못 알아들었나 싶어서 다시 물었다.

"선생님이 밥을 준다고?"

"응."

다음 날 성아 담임선생님께 물어보고서야 식구들은 성아의 말을 이해했다. 선생님은 매일 자기 도시락의 반을 성아에게 주고 있었다. 성아가 외숙모나 할머니께 말을 했더라면 진작부터 도시락을 싸줬을 것이지만, 성아는 한국말이 서툴러 그 상황을 설명하지 못했을 뿐만 아니라 한국 학교에서는 다 이렇게 하는가 보다고 생각한 것이었다.

나는 어렸을 때 학교에 가는 것이 즐거웠다. 집에서는 허드레 일꾼에 불과했지만, 학교에서는 공부 잘하는 모범생이었다. 선생님들도 귀여워해주셨고 친구들도 많아 학교는 내 피신처였다.

성아도 학교에 가는 것을 좋아했다. 그러나 나와는 전혀 다른 이유에서였다. 성아는 한국어를 못하는 바람에 수시로 영어가 튀어나왔다. 아이들은 물론 선생님들까지도 조그만 아이가 영어로 유창하게 얘기하는 것을 신기하게 여겼다. 수업 시간에도 선생님은 이러저러한 표현을 영어로 어떻게 하느냐며 성아에게 묻곤 했다. 선생님의 질문을 제대로 알아들었는지는 성아 자신도 알 수 없다. 설령 성아의 대답이 틀렸다 해도 그걸 알 수 있는 사람이 없었던 만큼 그들은 어쩌면 서로 동문서답을 하고 있었는지도 모르는 일이다.

그러나 말의 내용이 중요한 것이 아니었다. 성아가 영어로 대답을 하면 아이들은 손뼉을 치며 재미있어 했다. 선생님도 그것이 즐거워 툭하면 성아에게 '영어 한 자리' 해보라고 시켰다.

"이러다가 난 언제 한국어 배워요?"

떠듬거리는 한국어로 성아는 때때로 선생님께 투정을 부리기도 했다. 그러나 학생들과 선생님들의 관심이 자신에게 쏠려 있는 것을 알고 우쭐해 했다. 그렇게 많은 사람들의 관심을 받는 데 기분 나쁠

리 없었다. 더구나 타고난 성격이 누구를 만나든 스스럼이 없었다. 당연히 학교는 재미있고 즐거운 곳이었다.

어린아이는 말을 빨리 배운다는 속설을 증명이라도 하듯 성아의 한국어 실력은 날이 갈수록 늘어갔다. 사실 성아의 짧은 한국어 덕분에 웃긴 일도 꽤 많았다.

운동회 날이었다. 할머니, 할아버지, 외숙모 그리고 명규 삼촌까지 온 식구가 먹을 것을 푸짐하게 싸들고 운동장 귀퉁이에 자리를 잡았다. 달리기 실력이 좋았던 성아는 전교생 앞에서 한껏 실력을 과시했다.

운동회에는 담임선생님의 가족들도 와 있었다. 두 식구가 같이 식사를 했다. 선생님에게는 성아보다 두세 살 어린 딸이 있었는데, 성아는 김밥을 한입 물고 선생님의 딸을 가리키며 물었다.

"선생님, 저게 니 딸이야?"

풍선이 터지듯 이곳저곳에서 웃음이 터져 나왔다. 성아는 영문을 모른 채 포복절도하는 사람들을 번갈아 바라보며 고개만 갸우뚱거렸다.

누군가의 배려를 받고 정감어린 시선을 받는다는 건 행복한 일이다. 성아는 그런 배려 덕분에 즐거운 학교생활을 할 수 있었다. 학교생활이 즐거웠으므로 아이가 구김살 없이 쑥쑥 큰 것은 물론이다.

만약 그때 선생님의 배려와 친구들의 우정이 없었다면 성아는 학교 생활에 좌절했을지도 모른다. 어려움은 용기만 있으면 극복된다. 그리고 그 용기를 주는 것은 주변의 사랑과 관심인지도 모른다.

빨강머리 앤처럼

성아는 빨강머리 앤처럼 모든 난관을
극복하고 성공하는 주인공이 되고 싶어 했다.
나도 성아가 앤처럼 되었으면 좋겠다고 생각했다.

하루는 성아가 같은 반 친구에게 초대를 받았다. 그 아이 집은 학교 후문에서 걸어서 5분 정도 거리에 있었다. 영어 잘하는 '미국 아이'가 왔다고 그 아이의 엄마는 신기해하며 연신 먹을 걸 내왔다. 두 아이는 시간 가는 줄 모르고 놀았다. 집에 가려고 밖으로 나왔을 때는 날이 이미 캄캄하게 저물어 있었다. 그 친구는 성아를 학교 후문까지만 배웅해주고는 "그럼, 잘 가!"하며 돌아서 가버렸다. 돌아가는 길을 성아가 당연히 알 것이라고 생각한 모양이었다.

그러나 성아에게는 주변이 모두 낯설게 느껴졌다. 사람 없는 컴컴한 교정은 귀신이라도 나올 듯 으스스해 보였다. 성아는 정문을 중심으로 길을 익혔기에 내키진 않았지만 교정을 가로질러 정문으로 가는 도리밖에 없었다. 다행히 후문은 열려 있었다. 다만 운동장이 성아와 정문 사이에 놓여 있었다. 운동장은 그야말로 칠흑 같은 어둠에 덮여 있었다. 운동장이 그렇게 넓게 느껴지기는 처음이었다. 정문에 도착하기가 무섭게 성아는 팔을 뻗어 문을 당겼다. 그러나 정문은 굳게 잠겨 있었다. 온몸에서 맥이 한꺼번에 빠져나가는 것 같았다. 다시 어두운 교정을 가로질러 갈 생각을 하니 다리가 후들거렸다. 그러나 그대로 주저앉을 수는 없었다.

'귀신은 밤 12시에 나온다니까 아직은 괜찮을 거야. 늦기 전에 빨리 여길 빠져나가야 돼.'

콩닥거리는 가슴을 누르며 다시 운동장을 건넜다. 상점들의 불빛과 간간이 지나가는 사람들의 모습이 후문 너머로 보였다. 성아는 잽싸게 후문을 빠져나오며 안도의 한숨을 쉬었다. 그러나 아직 안심하기엔 일렀다. 후문 앞은 여전히 낯설었다. 엉엉 울고 싶었지만, 자존심으로 버텼다. 눈물을 삼키느라 연신 훌쩍거리며 집이 있을 것 같은 방향으로 무조건 걸었다. 상점의 불빛은 짧았다. 어느 새 들어선 시골길은 사물을 분간하지 못할 정도로 어두웠다. 길가에 서 있는 나무는 금방이라도 머리를 풀어헤친 귀신으로 변해 목덜미를 잡아챌 것만 같았다. 소름이 끼치는 것을 참으며 발걸음을 재촉했다. 한참을 뛰다시피 헤매던 성아의 눈앞에 어딘지 낯익은 거리가 나타났다. 가만히 살펴보니 틀림없이 집과 학교 사이에 있는 길이었다. 이제는 살았다 싶어 집을 향해 냅다 뛰었다.

"성아가? 가시나 어데 갔다 인자 오노? 식구들 수대로 다 걱정하구로!"

숨을 헐떡거리며 문을 왈칵 열고 뛰어 들어가자 할머니의 야단치는 목소리가 날아왔다. 그 목소리가 너무나 반가워 성아는 할머니를 와락 껴안았다.

그날 있었던 일을 전화로 들려주며 성아는 자기가 울지 않았다는 걸 강조했다. 겁은 났지만 울지 않고 혼자 집을 찾아온 게 스스로 생각해도 대견한 모양이었다. 성아는 아주 어릴 때부터 남 앞에서는 울지 않으려고 애썼다. 그것을 보고 나는 성아가 자존심이 무척 센 아이라고 생각했다.

성아가 좋아하는 만화 주인공들도 잘 울지 않았다. 캔디, 소공녀, 빨강머리 앤 등 역경을 딛고 일어서는 아이들이었다. 특히 빨강머리 앤을 좋아해서 자신도 언젠가 앤처럼 모든 난관을 극복하고 성공하는 주인공이 되고 싶어 했다. 심지어 성아의 미국 이름인 재스민

(Jasmin)에 e자가 없는 것과 빨강머리 앤(Anne)의 이름에 e자가 있는 것이 어떤 운명적인 것은 아닐까 하고 상상할 정도였다. 재스민은 널리 알려진 꽃 이름이어서 대부분의 사람들은 e를 붙여 재스민(Jasmine)이라고 잘못 쓴다. 반대로 앤의 경우는 철자가 앤(Anne)인데 대부분의 사람들이 일상적으로 알려진 앤(Ann)으로 e를 빼고 표기한다.

성아가 남 앞에서 울지 않는 이유가 만화 주인공들의 영향 때문인지 어쩐지는 잘 모르겠다. 분명한 건 성아가 자존심이 세고, 만화 주인공들을 닮으려고 애를 쓴다는 점이었다. 초등학교 때 좋아하는 남자친구가 있었는데, 앤이 길버트에게 한 것처럼 좋아하지 않는 척 굴었다. 그 후에도 마찬가지였다. 아무리 마음에 드는 남자라도 그쪽에서 먼저 좋아한다는 신호를 보내지 않으면 무관심한 척했다.

지금도 성아는 앤을 닮으려 한다. 일본에서 고등학교를 다닐 때 사귄 올리비아라는 친구가 있는데, 성아는 자신을 앤으로, 올리비아를 앤의 친구인 다이애너로 생각한다. 다혈질에다 무엇이든 해내고야 말겠다는 오기로 가득 찬 성아와 통통하면서도 푸근한 성격의 올리비아는 둘이 늙으면 앤의 고향인 캐나다의 프린스 에드워드섬에 가서 살기로 했다. 엄마도 자기네들이 사는 곳에 놀러오라고 하는 모습이 귀여워서 피식 웃고 말았다.

그 어린 나이에 하고많은 만화 주인공들 중에 왜 하필이면 씩씩하고 자존심 센 여자애가 멋있어 보였을까? 신데렐라나 백설공주 같은 화려한 주인공들도 많은데 말이다. 어쨌든 어떤 역경에도 굴하지 않고 씩씩하게 자기의 인생을 개척해나가는 여자 주인공을 좋아하는 건 나도 마찬가지다. 나도 성아가 앤처럼 되었으면 좋겠다고 생각했다. 어떤 역경에도 굴하지 않는 여자는 아무리 봐도 멋지다.

정의로운
검은띠 소녀

태권도는 성아에게 암행어사의 마패 역할을 했다.
그것을 무기로 성아는 약한 친구들을
지켜주는 의젓한 '영웅'이 되었다.

운동은 아이에게 여러모로 유용하다. 일단 자신을 지킬 수 있는 기술을 배울 수 있고, 몸을 단련하니 건강은 덤으로 따라온다. 그리고 무엇보다도 운동을 하면 올바른 정신을 기르는 데 도움이 된다. 나는 태권도를 권했고 성아는 내 제의를 흔쾌히 받아들였다. 마침 쌍둥이 사촌오빠들이 검은띠를 매고 아이들 앞에서 폼을 잡고 다닌 모양이었다. 으스대기 좋아하던 성아가 그 기회를 마다할 리 없었다.

성아는 오빠들과 대등해지기 위해 열심히 배웠다. 3년 동안 쉬지 않고 다니니 검은띠가 되었다.

태권도는 성아의 학교생활에도 상당한 영향을 끼쳤다. 몸을 단련시킨 성아는 자기 반에서 팔씨름왕이 되었다. 덩치 좋고 키 큰 남자애들도 성아의 뚝심 앞에선 나자빠졌다. 때문에 다른 반 남자아이들도 겁을 내고 함부로 덤비지 못했다.

어느 학교나 마찬가지겠지만 그곳에도 짓궂은 남자아이들이 많았다. 여자아이들의 머리채를 잡아당기기도 하고 뒤에서 치마를 훌렁 들추기도 했다. 고무줄놀이하는 데만 골라 다니며 칼로 고무줄을 끊고 도망치는 얌체들도 있었다. 그 나이 또래에는 말썽꾸러기들이 도처에 널려 있게 마련이다.

그러나 성아네 반 남자아이들은 못된 짓을 못했다. 여자아이들이 조금이라도 피해를 보면 성아한테 일러바쳤기 때문이다. 성아는 여자아이들의 대장이었다. 나쁜 짓을 한 아이를 잡아다 혼쭐을 내고, 다음에 또 그러면 진짜 가만두지 않겠다는 엄포도 잊지 않았다. 성아가 힘도 세고 태권도도 하고 있다는 걸 아는 남자아이들은 더 이상 객기를 부리지 않았다.

"엄마, 아이들이 혼내줘야 될 남자애들이 있으면 모두 나를 찾아와."

성아는 나에게 뽐내듯이 말했다.

"그랬니?" 하고 신난다는 듯이 내가 맞장구를 치면, 성아는 그날 있었던 무용담을 들려주곤 했다. 잘했다는 나의 칭찬에 "힘도 없는 것들이 약한 여자애들만 괴롭혀."라고 짐짓 어깨에 힘을 주곤 했다.

어릴 적 나의 꿈은 '암행어사'였다. 말이 그려진 마패를 차고 다니며 암행을 하는 관리로서의 암행어사가 아니라 약한 사람을 도와주고 나쁜 사람을 응징하는 일종의 정의의 사도로서 암행어사 말이다. 그 시절 나에게 암행어사는 홍길동이나 로빈 후드 느낌에 가까웠다. 그들은 나의 영웅이었다.

그리고 엄마의 영웅은 딸에게도 영웅이 되었다. 어릴 때부터 박문수나 로빈 후드 이야기를 듣고 자란 성아는 자신도 그러한 사람이 되고자 했다. 비록 그때는 아직 어려서 흉내를 내는 수준이었지만 정의감 넘치는 행동을 하려고 나름대로 노력을 기울였다.

그런 성아에게 태권도는 암행어사의 마패 역할을 톡톡히 했다. 태권도의 검은띠는 아이들에게 있어서 감히 건드릴 수 없는 힘과 정의의 상징이었다.

성아에게 혼이 난 남자애 중에는 "저 가시나 혼을 내줘야 해. 지가 뭔데."라고 뒤에서 쑤군대는 녀석도 있었다. 그러나 누군가 옆에서 일러주곤 했다.

"안 건드리는 게 나아. 걔, 검은띠야."

그 시절, 성아는 공부는 거의 꼴찌였지만 어디 가서 기가 죽는 법이 없었다. 친구들에게 인기가 있었던 탓도 있지만, 운동을 통해 길러진 자신감이 그 애를 받쳐주었기 때문이다. 스스로도 자신을 친구들을 지켜주는 영웅으로 생각했는지도 모를 일이다. 아무튼 응석받이에다 까불이였지만 불의 앞에서는 의젓한 영웅이 되었다.

선택은
너의 몫이다

아이 스스로 선택하도록 하라.
물론 책임도 아이가 전적으로 져야 한다.
그 과정을 통해 책임감과 독립심을 배운다.

어느 부모나 자기 아이들이 항상 올바른 선택을 하기를 바란다. 그러나 그것은 아이에게나 어른에게나 어려운 문제다. 선택을 앞에 두고 지혜로운 사람이 몇이나 있겠는가. 그 때문일까. 대다수의 부모들은 아이들이 스스로 올바른 선택을 하도록 기다려주는 인내가 부족하다. 아이들을 실수로부터 보호하고 싶은 마음에서일 것이다. 그들은 아이들이 생각해볼 겨를도 주지 않고 원하든 원하지 않든 자신의 선택을 강요하는 우를 범한다.

그것은 너무도 근시안적인 행동이다. 그 부모들은 결국 자기 아이들이 혼자서 올바른 선택을 할 수 있는 방법을 배울 기회를 빼앗아 가 버린 것이다. 올바른 선택을 하는 법을 익히기 위해서는 아이들에게 자신의 틀린 선택에 대해서 책임을 지도록 해야 한다. 잘못된 선택의 결과로 고통을 받아본 아이들은 선택함에 있어 왜 신중해야 하는지를 깨닫게 된다.

성아가 초등학교 3학년 때였다. 다가오는 봄 소풍을 준비할 겸 일요일 오후에 부모님을 모시고 성아와 함께 부대 안의 커미서리(Commissary, 수퍼마켓)에 쇼핑을 하러 갔다. 내가 카트를 밀고 엄마와 성아는 쌀, 채소, 고기, 우유, 담배 등 우리 식구의 일주일치 보급품을 열심히 챙겨 담았다. 아버지는 우리 뒤에서 뒷짐을 지고 걸으며 성아가 까불며 뛰어다니는 것을 흐뭇하게 바라보셨다. 소풍을 앞둔 성아는 흥분했다.

"엄마, 소풍 갈 때 가져갈 거 내가 골라도 돼요?"

과자들을 진열해놓은 통로에 들어서자 성아가 기대에 가득 찬 눈을 반짝이며 내 팔에 매달렸다.

"물론이지."

"와, 신난다!"

성아는 말이 떨어지기 무섭게 과자들이 쌓여 있는 진열대로 갔다.

초콜릿과 포테이토칩, 젤리, 껌, 비스킷 등 수십 가지의 과자들이 산더미같이 쌓여 있었다. 선택하기가 힘이 드는지 성아는 이것저것을 집었다 놨다 하며 고민했다.

"엄마, 몇 가지를 살 수 있어요?"

성아는 종류가 다른 초콜릿을 들고 나를 돌아보았다.

"글쎄, 한 네댓 가지면 되지 않을까?"

"몇 봉지씩 사도 돼요?"

"네가 필요한 만큼 사. 친구들이나 선생님 몫으로 조금 넉넉히 사도 되고."

성아는 신이 나서 거의 열 사람분의 과자를 카트에 담았다.

"이 노무 자슥. 우얀 까자로 이래 마이 사노? 이빨 다 썩구로."

아버지가 성아의 욕심에 눈이 휘둥그레지며 가운데 손가락을 접어 머리에 꿀밤을 먹였다. 그러나 성아는 할아버지의 꾸짖음에도 굴하지 않고 마음 내키는 대로 과자를 담았다.

"성아 가시나, 오늘 내 말 안 듣더니 아주 후회가 막심하단다."

소풍을 다녀온 날 저녁, 밥을 먹는데 엄마가 불쑥 말을 꺼냈다.

"헤헤."

옆에서 텔레비전을 보고 있던 성아가 멋쩍게 웃었다.

"왜요? 무슨 일이 있었어요?"

"가시나, 내가 김밥하고 계란 삶아서 싸준다카이 싫다카고 과자만 잔뜩 싸가드니 점심 때는 딴 아들 밥 묵는 기 묵고 잡아서 혼이 났단다."

"아무튼 알아줘야 된다니까. 아무리 그래도 그렇지, 이 녀석아. 어떻게 과자만 싸가지고 가냐?"

나는 기가 막혀서 웃음이 나왔다.

"애들이 미제 과자 좋아하니까 뽐내기도 하고, 또 이럴 때 과자 한번 실컷 먹으려고 그랬는데……. 그런데 점심시간에 애들이 김밥을 풀어놓으니까 그게 막 먹고 싶어지는 거 있죠. 내가 초콜릿이랑 젤리 같은 거 먹을 때 애들이 여기저기서 달라고 해서 많이 줬거든요. 그때 좀 으스대면서 줘서 나중에 다른 애들한테 김밥 좀 달래려니까 너무 치사한 것 같아서 영 말이 안 나오잖아요."

웃음을 참으며 나는 성아에게 그래서 어떻게 했는지 물었다. 성아가 자존심을 굽히지 않으려고 밥을 굶었느냐, 아니면 자존심을 굽히고 실리를 취했느냐, 아무튼 둘 다 그 애에게는 어려운 선택임에 분명했다.

"창피하기도 하고 또 자존심이 상하기도 했지만 할 수 없이 좀 달라고 했죠. 뭐, 배도 고프고 또 너무 먹고 싶어서 참을 수가 있어야지."

"우쨌거나 내 말 안 듣디 자알 됐다, 가시나."

"정말 얼마나 후회가 되던지. 할머니가 만든 김밥이 걔네들 거보다 훨씬 맛있는데 말예요. 아무튼 다음에 소풍 갈 땐 할머니가 싸주는 김밥 꼭 가지고 갈 거예요."

성아는 그날 돌아오자마자 아침에 엄마가 만들어두었던 김밥을 순식간에 평소의 두 배가량 먹어치웠다고 한다. 성아가 왜 자존심을 굽혀야 했는지 눈에 선했다. 뒤에 성아가 쓴 글을 보며 나는 웃음을 참지 못했다.

한국에서였는데 당시 나는 3학년이었다. 어머니는 소풍 가서 먹을 것을 내 마음대로 사도록 허락했다. 나는 당연히 온갖 군것질 거리로 가방을 가득 채웠다. 할머니는 내게 도시락을 챙겨 가라 했으나 나는 단호하게 거절했다. 그러나 점심시간이 되자 나는 초콜릿과 과자로는 고픈 배를 충분히 채울 수 없다는 것을 깨달았다. 그러자 나는 후회와 수치심이 뒤섞인 기분이 되었다. 할머니의 충고를 따르지 않았다는 게 후회였고, 친구들의 김밥을 얻어먹은 게 부끄러웠다. 그날부터 나는 할머니가 싸주는 도시락에 거의 불평을 늘어놓지 않았다.

글의 말미에서 성아는 스스로 선택할 수 있었던 것이 더욱 큰 책임감과 독립심을 심어줬다고 밝히고 있다. 어쨌든 성아는 그 일을 통해 자신의 행동에 대한 책임을 알게 되었다. 선택의 결과는 전적으

로 자신이 책임져야 한다. 설사 잘못된 결정으로 고통을 겪는다 해
도 그 어느 누구도 원망해서는 안 된다.

　물론 그때 자신이 잘못한 선택 때문에 혼이 났다고 해서 성아가 다
시는 잘못된 선택을 하지 않은 건 아니다. 다만 그것을 통해 어리석
은 선택을 되풀이하지 않으려 노력할 뿐이다.

　그동안 성아의 선택이 모두 잘한 일은 아니었을 것이다. 하지만 중
요한 것은 아이들에게 선택을 잘못할 기회도, 또 그로 인한 깨우침
의 기회도 주지 않는 것은 부모의 잘못이다. 부모가 언제까지나 자
식에게 인생의 지름길을 안내해줄 수는 없다. 사실, 인생에 있어 지
름길이란 없는지도 모른다. 스스로 풀밭도 지나고 가시밭길도 지나
면서 길을 찾아가는 것이다. 부모의 역할은 이런저런 길이 있다는
것을 알려주는 것이지 아이의 의견은 무시한 채 자신이 선택한 길로
손을 잡아끄는 것은 아니다.

강한 아이로
키우려면

사자처럼 강한 자식만 키울 수는 없다.
우린 사람이기에 약한 자식도 강하게 키워야 한다.
그게 사회라는 밀림에서 살아남는 방식이다.

내가 성아에게 강제로 시킨 것이 있다면 수영이다. 어릴 때 성아는 물에서 첨벙거리며 노는 것을 좋아했다. 그러나 막상 수영을 배우러 보냈더니 물에 들어가기를 무서워했다.

나 역시 물을 무서워해서 스물다섯이 되도록 수영을 못했다. 물 위의 다리 난간에 기대면 공연히 공포를 느꼈고, 배를 타는 것도 겁을 냈다. 그랬기 때문에 더욱 성아가 물에 대한 두려움을 극복하길 바랐다. 그러나 성아는 한사코 수영 배우기를 거부했다. 왜 그런지 곰곰이 그 이유를 생각해봤다. 내가 물을 무서워한 이유가 아기였을 때 두 번이나 바다에 빠져 죽을 뻔했기 때문인 것처럼, 성아 역시 부주의한 엄마로 인해 물에 빠진 경험이 있기 때문이 아닌가 하는 생각이 들었다.

성욱이가 한 살 때쯤이었으니까 성아가 세 살 때의 일이다. 무더위를 핑계로 우리 식구는 먹을 것을 한 보따리 싸들고 미군 부대 안에 있는 수영장에 갔다. 마침 제천에서 아버지와 어머니가 올라 오셔서 함께 모시고 갔다. 시어머니와 우리 부모님은 수영장 밖 시원한 나무 그늘에 자리를 잡았다. 남편과 나는 성희와 성아 그리고 성욱이를 데리고 물로 들어갔다. 한참을 놀다보니 성욱이가 추운지 입술이 새파랬다. 남편은 성욱이를 어머니께 데려다주고는 마실 것을 사러 갔다. 나와 성희는 성아를 튜브에 태우고 이리저리 끌고 다니면서 노래를 불러주었다.

"퐁당퐁당 돌을 던지자. 누나 몰래 돌을 던지자……."

성아가 박자에 맞춰 발로 물장구를 쳤다. 성희는 성아를 태운 튜브에 매달려 수영 연습을 하고 있었다. 초등학교 1학년이던 성희는 학교에서 수영을 배우는 중이었다.

이번에는 성아가 추운지 입술이 새파래져 칭얼대기 시작했다. 성아를 수영장 한쪽 가장자리에 올려놓고 큰 타월을 가져다 등을 덮어주었다. 성아는 두 발을 물에 담그고 텀벙거리며 놀았다.

나는 성아가 앉아 있는 근처에서 성희의 수영 연습을 도와주고 있었다. 한 사람 두 사람……, 갑자기 우리 주변에 사람이 많아져서 좀 한산한 쪽으로 자리를 옮겨야 했다.

"성희야, 성아는 어데 갔노?"

심심했던지 엄마가 수영장 주변에 쳐진 쇠 울타리 밖에서 우리를 불렀다.

"할머니, 저쪽 옆에요."

성희가 성아를 앉혀두었던 쪽을 가리키며 큰 소리로 대답했다.

"그쪽에 안 보이는데……."

조급한 마음에 서둘러 성아가 있던 쪽을 향해 헤엄쳐갔다. 성아가 앉아 있던 자리 아래에는 머리가 벗겨진 백인 노인이 헤엄을 치고 있었다. 그 남자 옆에 낯익은 수건이 물에 떠 있었다. 그 순간 수건 옆에서 작은 손이 허우적거리며 올라왔다가 사라졌다. 눈앞이 아득해졌다. 그때 누군가 물속으로 첨벙 뛰어들어 수건 밑에서 허우적거리는 조그만 아이를 끄집어냈다.

아이는 밖에 나와서도 숨을 쉬려고 온몸으로 허우적거리고 있었다. 얼마 후 아이가 "와앙!" 하고 울음을 터뜨렸다. 단 몇 분이 영원같이 느껴졌다. 그런 일이 있었기에 나는 성아에게 수영을 가르치고 싶었다.

"할머니, 할머니!"

수영 학교에 등록한 후 처음 며칠 동안, 성아는 꼬리를 내린 강아지처럼 바들바들 떨면서 할머니에게 구원 요청을 했다.

"수영 그까짓 거 안 배우면 어떻노? 싫다는데 마 안 나두고……."

손녀딸이 안쓰러워 엄마가 성아 편을 들었다.

"마 쪼매 더 크거든 가리키문 안 되겠나?"

울상이 된 손녀의 머리를 쓰다듬으며 아버지도 거드셨다. 그런 엄마, 아버지의 마음은 모르는 바 아니지만 나는 꺾이지 않기로 마음을 먹었다.

"성아야, 늦겠다. 빨리 가야지."

성아는 결국 그렇게 며칠을 눈물이 번진 눈으로 수영장에 끌려갔다. 그 후에도 한동안은 할아버지가 성아를 수영장까지 바래다주느라 애를 먹었다. 그러나 한 달도 안 되어 성아는 더 이상 물을 무서워하지 않게 되었다. 1년 반 정도를 배우고 나니 물개가 되어 있었다. 자유형, 배영, 평형은 물론 힘이 없으면 못 하는 접영까지 다 해냈다. 심심하면 저보다 큰 아이들과 수구를 하며 장난을 칠 정도로 물에서 노는 것을 즐겼다.

성아가 하버드에 있을 때였다. ROTC 야간 훈련 중 '목표 찾기'란 것을 한 적이 있었는데, 훈련을 끝내고 돌아오는 길에 일행은 월든 호수를 지나게 되었다. 100여 년 전 문명의 이기를 피해 헨리 데이비드 소로가 통나무집을 짓고 자급자족하며 살았던 바로 그 호수다.

성아는 주저 없이 호수에 몸을 던졌다. 새벽이라 물이 찼고, 게다가 호수가 얼마나 깊은지 어떤 여울이 있는지도 모른 채 풍덩 뛰어든 것이다. 그곳에서 한 시간 남짓 동료들과 수영을 즐겼다. 온몸이 얼어붙을 때까지 물속에 있었는데, 조금만 더 있었으면 아마 해 뜨는 것을 보았으리라고 안타까워했다.

나는 성아 말이 끝나자마자 "네 올챙이 적 시절이 기억나니?"라며 수영 배울 때 이야기를 해줬다.

"엄마, 고마워요. 어린애 고집에 꺾이지 않아줘서."

성아가 어리광을 부리며 내게 안겨왔다. 수영을 통해 생존의 한 수단을 가르쳐줬을 뿐만 아니라, 막연한 공포를 이긴 경험을 해주었기 때문이라고 했다.

아이를 강하게 키우려면 엄마가 강해져야 한다는 말을 나는 자주 한다. 사자처럼 새끼를 벼랑에서 떨어뜨려 강한 자식만 키울 수는 없다. 우린 사람이기에 약한 자식도 강하게 키워야 한다. 그게 사회라는 밀림에서 살아남는 방식이다.

나는 가끔 성아가 내게 한 말을 곰곰이 생각해본다.

'어린애 고집에 꺾이지 않아줘서.'

아이가 원하도록 유도하는 게 최선의 방법이겠지만, 때론 아이를 위해 단호한 결정을 내려야 될 때도 있음을 성아의 말을 통해 실감하게 되었다.

꼴찌니까
아는 것

초등학교 시절의 성적표는 아무런 의미가 없었다.
그 시절 성아가 꼴찌를 함으로써
나는 바라던 거의 모든 것을 얻을 수 있었다.

한국에서 성아의 초등학교 성적은 거의 꼴찌 수준이었다. 우선 배움의 수단인 한국어가 수준 미달이었다. 담임선생님이 특별 지도를 해주었기에 어느 정도 대화는 되기 시작했지만 6개월 만에 문장을 이해하기에는 역부족이었다. 시험지를 봐도 문제 자체를 이해할 수 없으니 대부분의 과목에서 부진할 수밖에 없었다. 물론 태권도와 수영을 배우며 체력을 키운 덕에 체육에는 문제가 없었다.

언젠가 성아가 이런 말을 했다.

"학교에서 시험을 봤거든. 문제가 25개였는데 나는 10개 정도 맞혔던 거 같아. 그런데 내 친구 하나가 막 걱정을 하더라고. 그래서 왜 그러느냐고 했더니 시험 문제를 20개밖에 못 맞혀서 그렇다는 거 있지. 그래서 '야, 나는 10개밖에 못 맞혔는데 너는 20개나 맞혀놓고 무슨 걱정이야?' 그랬지. 그랬더니 그 친구가 뭐라는지 알아요? '이렇게 많이 틀리면 엄마한테 매 맞는단 말야.' 하잖아. 와, 그 엄마 너무해! 그 애가 너무 불쌍하더라고요. 엄마는 내가 공부 못한다고 한 번도 야단친 적 없는데."

또 한 번은 이런 적도 있었다. 서울로 전학 와서 처음 성적표를 받았을 때였다.

"나도 양심은 있어서 성적표 받아올 때 좀 고민이 되더라고요. '야, 이건 좀 너무했다. 엄마한테 어떻게 도장을 찍어 달라 그러지?' 하며 걱정했지. 그러다가 '그냥 할아버지 보고 대신 도장 찍어 달랠까?' 아니면 '그냥 아무도 몰래 찍어갈까?' 하는 생각도 했지. 엄마가 도장을 책상 서랍 속에 두고 다니는 거 알고 있었거든요. 한참 고민하다가 '에이, 그냥 잘못했다고 하고 엄마한테 도장 찍어 달래야겠다.' 결정을 했지. 그런데 내 성적표 보고 엄마가 뭐라 그러셨는지 기억하세요?"

"글쎄……."

기억이 안 나는 건 아니었지만, 그때 일을 생각하면 재밌어서 나는 그냥 웃고만 있었다.

"지금처럼 그냥 웃기만 하면서 아무 말도 안 하고 도장 찍어주시더라고요. 밖에 나오면서 '아휴, 살았다!' 했지. 그리고 거짓말하지 않은 것이 참 잘했다 싶었어. 그다음부턴 그런 고민 안 하고 엄마한테 도장을 받아갔죠. 또 성적도 점점 올랐고……. 그런데 엄마는 다른 엄마들하고는 천지 차이야. 나한테 공부 못한다고 야단친 적도 없고, 한 번도 공부하라고 한 적도 없고. 엄마, 왜 그랬어?"

내가 빙긋 웃고 있자 성아는 자기가 대답까지 다 해버렸다.

"하긴, 그렇게 놔두고 적당하게 관심을 보이면서 도와주니까 내가 스스로 공부를 하게 되잖아. 다른 애들 엄마를 보면 숨통이 막힐 것 같아. 난 그러면 폭발해버릴 거야. 아무튼 나는 엄마가 그런 엄마들 같지 않아서 정말 좋은 거 있죠. 나도 나중에 아이 낳으면 엄마가 나한테 했던 것처럼 그렇게 키울 거야."

그랬다. 나는 성아에게 성적이 안 좋다고 야단을 쳐본 적도, 또 공부하라고 성화를 부린 적도 없다. 성아의 학교생활에 관심이 없어서 그랬다고 생각한다면 엄청난 오산이다. 나는 그제나 지금이나 성아에게 지구상에 단 하나 존재하는 엄마다. 누구보다 성아를 염려하고 걱정했다. 그래서 그런 태도를 취했다.

성아의 성적표는 체육과 음악을 빼고는 몽땅 '양', '가'였다. 그런 성적표를 나한테 보여야 한다는 것에 대해 성아는 무척이나 참담해했다. 괴로운 나머지 성적표를 보여주는 날이면 치과에 갈 때처럼 배가 아프다는 꾀병을 부렸다.

어쩌면 그때 나는 성아가 우등생보다는 꼴찌의 경험을 쌓길 바랐는지도 모른다. 말이 안 통하는 아이에게 공부 잘하기를 바란다는 것 자체가 무리이기도 했지만, 선생님이나 다른 아이들에게 인정받지 못하는 꼴찌의 서러움을 체험하는 것도 좋은 기회라고 생각했다. 중요한 것은 노력하는 마음이다. 성아가 자신의 성적에 괴로워하지 않았다면 나는 조금 압박을 가했을지 모를 일이다. 하지만 괴로워했기에 웃어넘길 수 있었다.

꼴찌의 경험이 있는 사람은 함부로 남을 무시하지 않는다. 꼴찌의 비참함을 누구보다도 잘 알고 있기 때문에 나중에 우등생이나 리더가 되었을 때 자기보다 못한 사람을 배려할 줄 알게 된다. 바로 내가 그랬기에 잘 안다.

초등학교를 다닐 때 성아에게는 공부보다 더 중요한 것이 있었다. 한국어를 배우는 것이었다. 미국에서의 초등학교 시절에도 마찬가지였다. 학과 공부보다 영어를 익히는 것이 더욱 중요했다. 이 나라 저 나라 옮겨 다녀야 하는 가정환경의 특수성 때문이기도 했지만 나는 읽기, 쓰기, 더하기, 빼기 이외의 것들이 그리 중요하다고 생각하지 않았다. 기초적인 부분이 차근차근 쌓이면 그뿐이었다. 정작 중요한 것은 학과 공부가 아니라 건강한 생활 태도와 외국어를 배우는 것이었다. 나는 성아가 되도록 많은 한국 아이들을 사귀면서 그들의 생활과 생각을 이해하길 바랐다. 이런 살아 있는 지식은 급속도로 국제화되어가는 세상에서 큰 경쟁력이 되기 때문이다. 외국어는 말할 나위도 없다. 보다 많은 일을 할 수 있는 기회를 주기 때문이다.

초등학교 시절의 성적표는 성아와 내게 아무런 의미가 없었다 해도 과언이 아니다. 성아가 아이들과 마음껏 뛰어노는 것, 또 좋아하는 만화를 실컷 읽는 것은 한국어를 배우는 데 학교에서 가르치는 것 이상의 효과를 냈다. 그 때문에 나는 공부하라고 잔소리를 하는 대신 만화방에서 몇 시간이고 죽치고 있도록 허락했다.

공부에 시달리지 않은 덕분에 성아는 많은 것을 얻을 수 있었다. 서울 신동초등학교에 와서 성아는 한국어를 웬만큼 알아듣게 되었고, 친구들도 많이 사귀었다. 그중에서도 혜현이라는 얌전하고 예쁘장한 아이와 아주 친했다. 같은 아파트에 살았는데, 서로의 집에 오가며 소꿉도 살고 그림도 그리고 만화도 읽으며 우정을 나눴다. 떠돌이로 자란 성아가 한국을 고향같이 푸근한 곳으로 느낀 것도 바로 단짝 친구가 생겼기 때문이다.

나는 성아가 행복하기를 바랐다. 어릴 때 잠깐 느끼는 행복이 아닌 긴 행복. 그리고 초등학교 시절의 1등이 아닌 긴 인생에서 본인

만이 느낄 수 있는 어떤 성취를 느끼길 희망했다. 나는 그 시절, 성적표를 무시함으로써 내가 바라던 거의 모든 것을 얻었다고 자신할 수 있다.

힘들게
돈을 벌다

힘들게 얻은 것은 더러 싫증이 나더라도
함부로 다루거나 버리지 않는다. 또 얼마 안 되는 돈도
힘겹게 번 것은 결코 가볍게 느껴지지 않는다.

성아가 어린아이 티를 벗어나자 나는 본격적으로 돈의 가치를 알려주고 싶었다. 그래서 필요한 용돈의 70퍼센트만 주고 나머지 30퍼센트는 스스로 벌도록 했다.

미국에서는 일 안 하는 아이는 별종이다. 아이를 제대로 키우려는 부모들은 아무리 부자라도 아이에게 일을 시킨다. 미국 노동 통계국의 조사에 따르면, 12세 어린이의 절반이 아이 보기, 잔디 깎기 등

아르바이트를 하고 있다고 한다. 15살쯤 되면 10명 중 7명이 일을 한다. 대학에서는 방학 때 한두 가지 아르바이트를 안 하는 학생들은 별종 취급을 받는다.

인간은 기본적으로 값싸고 쉽게 얻고 싶어 한다. 그렇게 얻은 것은 쉽게 싫증을 내고 귀하게 여기지 않는 경향이 있다. 그러나 힘들고 비싸게 얻은 것은 더러 싫증이 나더라도 함부로 다루거나 버리지 않는다. 또 얼마 안 되는 돈이라도 힘겹게 번 돈은 결코 가볍게 여기지 않는다. 이렇게 번 돈으로 산 물건은 아무리 싼 것이라도 결코 쉽게 여기지 않는다. 값으로 그 물건의 가치를 계산하는 것이 아니라, 그 물건에 담긴 자신의 노력으로 가치를 측정하려 하기 때문이다.

"성아야, 엄마 군화 안 닦아볼래? 한 켤레 닦는 데 2달러 줄게!"

"2달러라고? 정말?"

성아는 만세삼창이라도 할 기세였다. 그러나 선뜻 나서지는 못하는 눈치였다.

"해보고는 싶은데 어떻게 해야 하는지 자신이 없어요."

"처음부터 닦을 줄 아는 사람이 어디 있니? 내가 가르쳐줄게."

텔레비전에서 눈을 떼지 않으셨지만 우리 모녀가 하는 양을 주시하던 엄마가 기어이 참견을 하며 나섰다.

"야야, 가가 무신 구두를 닦노. 그저 까불 줄이나 알지."

"와 몬할까 봐. 해봐라. 내가 도와주꾸마."

손녀의 기를 꺾어놓는 할머니의 말이 마음에 걸렸는지 옆에 있던 할아버지가 성아의 응원군을 자청했다.

"며칠이나 가나 보자!"

할머니가 다시 짓궂게 말했다.

"엄마, 해볼래요."

할머니의 핀잔이 성아의 자존심을 건드렸다. 순전히 오기로 성아는 그 순간부터 구두닦이가 되었다. 내가 구두 닦는 방법을 꼼꼼히 가르쳐줬지만 처음부터 잘될 리가 없었다. 텔레비전을 보는 척하며 흘깃 보니 고사리 손으로 낑낑거리며 자기 무릎까지 오는 군화를 닦느라 열심이었다. 이마와 콧등에는 땀이 맺혀 있었다.

"어데 보자, 내가 한번 해보꾸마."

손이며 얼굴에 온통 구두약으로 고양이 수염을 그린 채 한 시간 이상을 군화와 씨름하는 손녀가 안쓰러웠는지 할머니와 10원 내기 화투를 치던 할아버지가 화투장을 놓고 손녀 옆에 다가앉으셨다.

"그럼 할아버지하고 용돈을 나눠야 하잖아요."

"야야, 돈은 니가 다 가지라. 니가 애씨는 기 하도 안씨러버서 그란다."

"할아버지, 정말? 와, 신난다! 그럼 할아버지는 다른 한 짝을 닦아주세요."

할아버지와 손녀는 방바닥에 널찍이 신문지를 깔아놓고 나란히 앉아 구두를 닦기 시작했다. 팔이 아플 정도로 꽤 오랜 시간 공을 들였지만 아무리 해도 광이 안 나자 성아는 그만 울상이 되었다.

"인내라. 내가 마저 닦아노꾸마. 니는 고마 됐다."

"아니에요. 계속할 거예요."

할아버지와 손녀의 대화를 나는 짐짓 못 들은 척했다.

"엄마!"

한참 후 성아가 자랑스러운 듯 두 사람의 합작품을 내밀었다.

"어디 봐. 음, 처음 닦는 솜씨 치고 제법 잘했는데…… . 아, 우리 성아 대단해."

"사실, 할아버지가 많이 도와줬어."

"그럼 할아버지랑 돈은 나누어야겠네."

"할아버지가 돈은 나 혼자 가져도 된다고 했는데…… ."

성아는 좀 시무룩한 표정이 되었다. 나누기는 아깝고 혼자 가지자니 미안하고…… . 그 마음을 나도 모르는 바 아니었다. 지갑에서 1달러짜리 두 장을 꺼내 주었다. 성아는 그 즉시 할아버지께로 가서 1달러를 내밀었다.

"얼라 입에 든 사탕을 빼사 묵지. 마, 니 다해라."

"야! 신난다!"

성아는 1달러씩 두 손에 들고 펄쩍 뛰며 만세를 불렀다.

두 사람의 합작은 내 기준에는 턱없이 미달이었다. 식구들이 잠든 틈에 나는 다시 광을 냈다. 밑손질을 잘해둔 터라 광은 쉽게 났다. 성아가 성심껏 하지 않았다면 광이 날 때까지 더 열심히 닦으라고 했을 것이다. 하지만 최선을 다하는 모습을 보여줬기 때문에 나는 그것으로 만족했다.

성아의 구두 닦는 실력은 하루가 다르게 늘어갔다. 더 이상 내가 몰래 마무리하지 않아도 될 정도가 되었다. 성아는 그렇게 모은 돈으로 갖고 싶던 장난감을 사기도 하고, 명규 삼촌에게 공책이나 연필을 사주기도 했다. 때로는 자기가 좋아하는 사탕을 사서 할아버지와 할머니 입에 넣어주며 까불어댔다.

성아의 구두닦이 사업은 이듬해 우리가 버지니아로 이사를 간 다음에도 계속되었다. 구두 닦는 데 자신감이 생기자 성아는 이웃들을 찾아다니며 구두를 닦으라고 권했다. 좀 더 많은 돈을 벌고 싶은 욕심에서였다. 군인 관사에서 산 덕분에 성아의 고객은 충분했다.

"이건 제가 닦은 엄마 구두예요."

자신의 실력을 인정받기 위해 내 군화를 가지고 다니며 과시하는 모습이 사업가다웠다. 하나둘씩 단골이 생기는가 싶더니, 곧 입소문이 나서 이웃들이 우리 집에 군화를 들고 찾아오기도 했다. 성아의 사업은 날로 번창해가는 듯했다.

그러던 어느 날, 퇴근을 하고 집에 오니 성아가 울상이 되어 있었다.

"엄마, 나 좀 도와줄 수 있어요."

어려운 부탁이라도 하려는 듯 주저하는 티가 역력했다.

"무슨 일인데?"

"사실 제가 욕심을 너무 부린 것 같아요. 내일까지 닦을 군화를 너무 많이 받아서 밤을 꼬박 새워도 다 못 닦을 것 같아요."

집은 관사에서 거둬온 군화들로 내 구두를 벗어놓을 데조차 없었다.

"그래서?"

"엄마가 좀 도와주시면……."

목소리가 기어들어가 제대로 말을 잇지 못했다.

"오늘 딱 한 번뿐이다. 앞으로는 네가 해낼 수 없는 일은 아예 맡지 마."

과욕은 좋지 않지만 그래도 나름대로 약속을 지키려는 모습이 대견하다 싶었다. 덕분에 나는 밤이 깊도록 성아와 함께 땀을 뻘뻘 흘려야 했다. 구두닦이 모녀라……. 짬짬이 성아 쪽을 보니 가늘고 긴 손가락이 리드미컬하게 구두를 닦아나가고 있었다. 열한 살짜리 가시나의 손끝에서 낡은 구두들이 반짝반짝 광을 냈다. 어느덧 구두 닦는 솜씨가 10년을 닦아온 나를 능가하고 있었다. 그날 밤 성아와 나는 가슴속에 돈의 귀중함을 새기며 그렇게 군화를 닦았다.

구두닦이로 일에 자신감이 생긴 성아는 사업을 크게 벌려 나갔다.

마침 그때 조카인 승희와 승용이가 같이 하겠다고 나섰다. 언니가 고등학교를 막 졸업한 조카 승희와 중학교를 졸업한 승용이를 데리고 미국으로 온 뒤였다.

든든한 일꾼 셋. 이들은 그럴싸한 계획을 세우고 광고지까지 만들어 이웃에 돌렸다. 세차, 잔디 깎기, 잔디 깔기 등 허드렛일을 도맡아하는 삼총사가 탄생한 것이다. 셋이서 같이 일하고 돈도 셋이서 나누었다. 일은 당연히 힘들었다. 그것도 사업이고 약속이라 폭우 속에서도 잔디를 깔아야 하는 상황도 있었다. 그렇지만 나는 끝내 돕지 않았다.

어릴 때 스스로 노력하는 법을 배우지 않은 사람은 성인이 되었을 때 더 큰 좌절을 맛볼 수 있다. 따라서 부모는 자기 자녀의 미래를 상상해볼 필요가 있다. 또한 '나는 진정 내 자식을 사랑했노라 말할 수 있는가?'라는 질문을 지금 하지 않으면 안 된다. 학교 공부는 강인함을 가르쳐주지 않는다. 사회에 나가서 살아남는 법 또한 교과서에 나오지 않는다. 그것이야말로 부모의 몫이다. 그러니 아이를 내몰아야 한다. 땀을 흘리며 자신의 가치, 삶의 가치를 몸으로 느낄 수 있게 해야 한다.

아이는
부모의 작품이다

어찌 보면 아이는 부모의 작품이다.
타고난 성품을 잘 관찰해서 거기에 적합한 양육 방식을
택한다면 아이의 장점은 점점 살아난다.

성아가 열두 살 때 언니가 미국으로 이민을 왔다. 내가 바라기도
했고 언니도 새로운 희망을 꿈꾸고 싶어 내린 결정이었다. 공항에서
여독으로 피곤해하면서도 환하게 웃는 언니를 보며 나는 언니를 위
해 비로소 무엇인가를 한 느낌이 들어 뿌듯했다.

언니와 나는 같은 환경에서 자랐지만 성격이 서로 판이하게 달랐
다. 언니가 외향적인 반면 나는 내성적이었다. 언니는 화나는 일이

있으면 주로 그 자리에서 폭발하는 타입이었다. 반면에 나는 계산을 해봐서 승산이 없다는 결론이 나오면 분노를 그대로 삼키곤 했다. 이러한 차이는 부모님의 양육 방식을 받아들이는 데에서도 고스란히 드러났다.

엄마의 행동 방식에 언니는 겉으로는 시끄러울 정도로 반항하면서도 그것을 어쩔 수 없는 '인생의 철칙'으로 여겼다. 화를 낼 땐 화를 내고 포기도 빨랐던 것이다. 언니가 처한 환경 또한 그랬다. 초등학교밖에 나오지 못한 언니는 부모님이 시키는 대로 모든 걸 받아들였다. 결혼 역시 부모님이 정해준 대로 했다. 그러나 '착한' 딸로 산 대가는 허망했다. 내게 비친 언니의 인생은 살아 있기에 어쩔 수 없이 삶을 지속하는 듯한 모습이었다.

당시의 부모님들은 가난에서 벗어나는 것이 시급한 문제였다. 따라서 자녀 교육에 대해 깊이 생각할 여유가 없었다. 특히 엄마에게 자식은 그저 낳았으니까 키우는 존재였다. 물론 엄마는 우리를 사랑하셨다. 그러나 엄마를 휘어잡고 있는 것은 가난과 남존여비라는 구태한 사상이었다.

내가 자란 환경을 아는 사람들은 오늘의 내 성취를 무척 신기해한다. 그렇게 열악한 환경에서 어떻게 그런 야무진 꿈을 키울 수 있었는지 이해가 안 간단다.

"차별에 대한 분노와 부당함에 복수심을 키웠습니다. 그것이 내가 나를 포기하지 않는 원동력이 되었습니다."

나의 답변에 사람들은 엄마가 역시 훌륭했다는 이상한 판단을 내린다. 이 당혹스런 판단 앞에서 나는 때론 고개를 끄덕인다. 엄마는 원했든 원하지 않았든 내 의지에 불을 당겼다. 나는 여자는 살림을 배우고 시집을 가서 아이 낳고 시부모와 남편을 잘 받들면 된다는 식의 삶을 거부했다. 학교에서 우등생이 되려고 노력했고 성취를 통해 인생의 포부를 키워나갔다. 그 과정에서 키운 꿈이 있었기에 나는 내게 닥쳐온 어떤 일도 견딜 수 있었다.

언니에게는 엄마의 양육법이 맞지 않았다. 그리고 언니와 나 모두 타고난 성품대로 살아왔을 뿐 후천적으로 좋은 성품을 키울 여건도 되지 않았다. 당시 딸들에게 좋은 환경을 줄 수 있는 가정이 얼마나 있었겠는가. 더구나 우리 엄마에게 두세 가지 양육법을 강요하기도 힘든 일이었다. 결국 중요한 것은 '아이의 타고난 성품'과 '부모의 양육법'이 조화를 이루는 것이다. 그렇지 않다면 환경을 만들어줘야 한다. 아이가 올곧게 자랄 수 있는 환경 말이다.

내가 성아를 키우면서 가장 먼저 한 것은 관찰이었다. 그리고 아이의 행동을 보며 연구했다.

"엄마는 내게 무관심한 것 같았는데, 지나고 나서 보니까 언제나 나를 지켜보고 있었던 것 같아."

누가 강요하지 않았음에도 서너 살 때부터 남 앞에서 눈물을 보이지 않으려 애쓰는 걸 보고 나는 성아가 자존심이 무척 세다는 것을 깨달았다. 보통 여자아이라면 연약함을 드러내며 울 일도 성아는 참았다. 나는 그것이 성아의 장점이라 생각했고 그래서 아이의 자존심을 건드리지 않으려고 애썼다. 어떤 일을 시킬 때도 그냥 "해라!", "하지 마!"라고 말하는 것보다 "나 같으면 그렇게 하지 않고 이렇게 하겠다."라는 식의 우회 전술을 썼다. 동시에 가능한 한 아이가 이해할 수 있도록 사소한 일까지 설명해주려 애썼다. 스스로 이해되지 않으면 억지로 할 공산이 커보였기 때문이다. 억지로 하는 일에 성과가 있겠는가.

나는 성아가 명랑하고 씩씩한 성품을 지녔다는 말을 자주 듣는다. 그러나 성아가 선천적으로 명랑하고 용감한 성격을 지녔던 것은 아니었는지도 모른다. 어린 시절, 특히 내가 성아 아빠와 헤어지기 전에 성아는 욕심이 많고 짜증을 잘 냈으며 겁이 무척 많은 아이였다. 한 예로 동생 성욱이와 치과에 갈 때마다 두 살이나 어린 성욱이가 의젓하게 치료를 받는 데 비해 성아는 겁이 나서 연신 배가 아프다며 칭얼대곤 했다. 욕심도 대단해서 자기 것은 남들과 나누려고 하지 않고 이것저것 다 가지려 했다. 또한 성욱이에 대한 친할머니의 편애로 어딘지 불안한 태도를 보이곤 했다.

결국 아이의 성품은 환경에서 비롯된다. 내가 이혼을 한 후 외갓집 식구들과 지내면서부터 성아는 비로소 제자리를 찾아갔다. 성아는 집안의 막내로 많은 사랑과 자유를 누리며 살았다. 물질적으로도 누구와 싸워야 할 이유가 거의 없었다. 눈에 띄게 드러나던 성아의 욕심과 짜증은 서서히 줄어들었다. 사람이나 낯선 일에 대한 겁도 사그라졌다.

더불어 배려라는 것이 그 빈자리에 또아리 틀기 시작했다. 이 또한 집안의 분위기 덕이다. 막내이기 때문에 심부름은 기본이었고, 상부상조가 몸에 밴 시골사람들 틈에서 구성원으로서의 의무와 협조를 요구받았다. 성아에게는 구성원으로서 해야 하는 일이 마땅하게 다가왔고 그것을 하면서 자긍심과 행복을 느꼈던 것 같다. 그것은 그 아이에게 옳은 일이 되었고 아이가 청년으로 자라면서 엄청난 에너지로 쌓였다.

어찌 보면 아이는 부모의 작품이다. 아이의 타고난 성품을 잘 관찰해서 거기에 적합한 양육 방식을 택한다면 아이의 장점은 점점 살아난다. 또한 바람직한 품성을 길러준다면 아이는 누구에게나 칭찬받는 아이가 될 것이다.

그런 면에서 우리 모녀는 정말 운이 좋다. 내가 아빠 노릇까지 해줄 수 없었지만 그 빈자리를 나의 가족들이 메워주었다. 더구나 나에게 그토록 모질었던 엄마도 성아에게는 아낌없이 주는 나무 같은 외할머니였다. 군인이었기에 항상 바빴던 내 자리를 나의 형제와 조카들이 대신했다. 그것은 내가 계산한 것이 아니었다. 그렇기에 나도 성아도 그런 가족을 만난 것은 엄청난 행운이었다.

3장

아이를 위한
최고의 유산

혼자 겪는
고통

아이는 혼자 땅바닥에 그림을 그리면서 시간을 보냈다.
자존심 강한 녀석은 엄마인 나에게
이야기하지 않고 그 시간을 혼자 견뎌냈다.

나의 병참 상급 교육을 위해 우리는 버지니아의 포트 리로 가야 했
다. 다시 미국에 온 성아는 5학년에 편입했다. 역시 언어가 문제였
다. 버지니아의 사투리는 생소한 데다가 말투까지 빨라 몇 년간 쓰
지 않았던 영어가 더욱 어렵게 느껴졌을 터였다. 더구나 같은 민족
이었던 한국과는 달리 다민족국가인 미국은 성아에게 친절하지 않
았다. 성아가 더 이상 어린 아이가 아니라는 것도 문제였다.

"성아가 그때 버지니아에 와서 영어 때문에 울었다더라."

며칠 전 저녁을 먹다가 오빠가 뜬금없는 말을 했다.

"응, 나도 들었어. 그때 말이 잘 안 통해서 애들하고 어울리지도 못하고 혼자서 쭈그리고 앉아 많이 울었대."

올케 언니가 거들었다. 괜히 콧등이 시큰했다.

"학교에 가도 친구가 없으니 외로웠을 것 같아. 모여 있는 애들과 함께 놀고 싶어도 말이 서투니깐 망설여지고, 혼자 막대기로 땅에 그림만 그리면서 시간을 보냈대. 어떤 날은 아이들이 무슨 말을 하나 가까이 가보기도 했는데 아무리 들으려고 해도 통 못 알아 듣겠더래. 그런 날이 계속되다 보니 자기도 모르게 눈물이 났나봐."

말을 하는 오빠의 목소리도, 듣고 있던 나의 눈도 젖어들었다.

성아는 낯선 곳에 던져지는 데는 이미 베테랑이었다. 미국에서, 독일에서, 한국에서 말이 통하지 않아 답답했던 경험이 많았다. 하지만 다시 미국으로 돌아와 5학년에 편입했을 때는 유독 힘들어하는 티가 역력했다.

그나마 다행인 건 기본적으로 낙천적인 성격이어서 그런지 학교에서의 좌절이 집으로까지 이어지진 않았다. 집에서만큼은 언제나 막내 성아였다. 그러나 누군가의 도움이 필요한 건 사실이었다. 가장 큰 문제가 숙제였다. 한국에서의 학교생활에 익숙해진 성아에게 숙제는 어떤 일이 있어도 해야 하는 것이었고, 수업 시간에 선생님이

하는 말씀도 잘 못 알아듣는 아이에게 숙제는 감당하기에 너무 버거
웠다. 그리고 그 현실이 성아의 자존심에 상처를 준 듯했다. 무심한
엄마였던 나도 그것을 모른 척할 수는 없었다.

나는 담임선생님께 전화를 걸어 과외 선생님을 한 분 구해줄 수 없
느냐고 부탁했다. 마침 다른 여선생님이 성아의 과외 교사를 자청했
다. 하루에 두 시간씩 그 선생님과 숙제를 하면서 성아의 자신감은
서서히 돌아왔다.

> 나는 정말 미국에 처음 올 때 미국 아이들은 모두 다 나쁜 줄 알
> 았는데, 이제 보니 정반대야. 오늘 어떤 여자아이를 만났는데, 나
> 보다 한 살이 많은데도 나한테 꼭 친구처럼 터놓고 말을 한다.
> 머리는 금발, 파란 눈동자, 키는 조금 크고……. 너를 미국으로
> 데려와서 소개시켜주고 싶은데……. 물론 방값과 밥값은 네가 내
> 고…….

한국에 있는 친구 혜현이에게 쓴 편지를 보며 나는 이제 성아가 제
법 학교생활에 적응해가고 있는 것 같아 마음이 놓였다. 그러나 나
는 그 시절 성아가 땅바닥에 혼자 그림을 그리면서 시간을 보냈다는
사실을 최근에서야 알았다. 힘겨워 하는 줄은 알았지만 그 정도로
외로웠다는 사실은 몰랐던 것이다. 자존심 강한 녀석은 엄마인 나에

게 이야기하지 않고 그 시간을 혼자 견뎌냈다.

"그래, 그림을 얼마나 그렸니?"

구석에 쭈그리고 앉아 막대기로 뜻 모를 그림을 그리는 아이를 상상하니 어른이 된 성아를 앞에 두고도 미안했다.

"에이, 엄마도. 난 또 무슨 얘기라고. 처음엔 많이 그렸지. 애들 근처에 못 갔으니까. 그 애들은 모두 그곳에서 나서 그곳에서 자란 아이들인데 나는 이방인이었잖아."

"그럼 언제부터 안 그렸니?"

"글쎄, 숙제를 잘해갈 수 있게 되고부터였나? 몰라, 시간이 좀 흐르니까 아이들한테 말을 걸 용기가 생겼어."

성아는 교회나 동네뿐만 아니라 학교에서도 많은 친구를 사귀었다. 그곳 아이들은 모두 토박이라 다른 지역에 가본 적이 없었다. 반면에 성아는 독일, 한국 등을 떠돌아다녔기 때문에 낯선 세계에 대해 많이 알고 있었다. 말은 잘 통하지 않았지만 성아의 그런 점은 그아이들에게 매력적이었다. 게다가 태권도로 다져진 육체와 정신은 미국 아이들에게도 인기가 있어서 곧 한국에서처럼 해결사로 나서게 되었다.

특히 성아는 선생님들에게 인기가 많았다. 한국 학교에서, 또 집에서 어른을 공경하는 태도를 몸에 익혔기 때문에 구김살 없이 까불긴해도 행동은 반듯했다. 또한 학급 아이들에게 선생님 말씀을 잘 들게 하려고 애를 쓰기도 했다. 성적은 중간쯤에 머물렀지만 아이들과 어울리면서 영어는 부쩍부쩍 늘었다. 그때 나의 딜레마는 성아가 영어를 빨리 익히기를 바랐지만, 힘들여 배운 한국어를 잊는 것을 원치 않았다는 데 있었다.

그 문제는 의외의 곳에서 해결되었다. 하루 생활의 반 이상을 영어를 전혀 못하는 할머니, 할아버지와 보내는 덕분에 성아는 한국어를 잊지 않을 수 있었다.

사춘기의
DNA

자신의 단점보단 장점을 생각하는 것이 좋다.
그러다 보면 마음도 편안해진다.
남의 말을 다 신경 쓰다간 아무 일도 못하는 법이다.

사춘기가 되면 아이들은 자신의 얼굴이나 몸매 등 외모에 민감해진다. 성아는 나이에 비해 키도 적당하게 컸고 몸도 날씬했다. 특히 아빠를 닮아 다리가 늘씬했다. 친한 친구인 대니얼이 좀 통통한 편이라서 성아가 더 날씬하게 보이기도 했다.

그런데 성아는 곱슬머리였다. 물론 갑자기 곱슬머리가 된 것은 아니었다. 다만 사춘기 전에는 크게 신경 쓰지 않았을 정도로 심하지 않았는데 2차 성징이 두드러지면서 덩달아 곱슬머리도 심해졌다. 성아는 거울을 보며 자신의 머리카락을 못마땅하게 여겼다.

어느 날인가 미용실에서의 일이다.

"얘, 너 혼혈아지? 아빠가 흑인이니?"

한참 머리를 다듬던 미용실 아줌마가 성아에게 물었다.

"아네요! 우리 아빠 한국 사람이에요."

성아가 펄쩍 뛰며 부인했다.

"뭐가 아냐. 머리가 흑인 머리 같은데……. 얘 아빠 흑인 맞죠?"

미용실 아줌마는 성아를 데리고 온 언니를 돌아보며 물었다. 잡지를 뒤적이던 언니가 화들짝 놀라 대답했다.

"아이라예. 한국 사람이라예. 가가 꼬시메라서 그라예. 우리 식구가 다 꼬시메라예. 나도 어리서 하도 빠글빠글해서 한 보따리로 붕 떠가 다녔서예. 야 어마이도 학교 다닐 때 머리카락이 돼지털 맨치로 뻣뻣해갖고 또 숱은 얼마나 많았는지 내가 맨날 치줬서예. 그래도 머리로 길라갖고 따주이 좀 괜찮았는데……."

언니가 목청을 높여 집안의 곱슬머리 족보를 시시콜콜 늘어놓았다. 그래도 미심쩍은지 그 여자는 고개를 갸우뚱했다.

성아는 그날 엄청난 충격을 받은 것 같았다. 저녁에 집에 오니 인사하는 얼굴에 구름장이 잔뜩 껴 있었다.

"왜 그러니? 무슨 일 있었어?"

"아니, 아무 일도 없었어요."

힘없이 대답하는 성아의 눈은 생기 없이 텅 비어 있었다.

"오늘 미용실에서 즈그 아바이가 흑인 아이냐고 물어노이 속이 상해서 그란다 아이가."

언니가 대신 내 궁금증을 풀어주었다.

"무슨 소리야?"

"가 머리가 좀 빠글빠글하는 꼬시메 아이가. 그래노이 자꾸 흑인하고 혼혈아 아이냐고 하대. 내가 설명을 해도 자꾸 우기는 기라."

"뭐 그런 미친 여자가 다 있어. 아니라면 아닌 줄 알지. 애 앞에서 왜 우기는 거야? 그렇게 우겨서 애 마음을 상하게 하는 건 무슨 심보야? 정신 나간 여자 같으니라고!"

흥분하면 혀가 총이 되는 내가 집중 사격을 퍼부었다. 그러자 엄마가 욕하는 것을 처음 들어본 성아가 눈이 동그래져서 나를 바라봤다. 내심 자기 속도 좀 후련해졌는지 얼굴에 생기가 돌았다.

저녁을 먹고 나서 성아와 산책을 나갔다. 가을이 성큼 다가와 군데군데 단풍 든 나무들이 보였다. 바람이 선선하고 신선했다. 미용실에서의 일은 이미 잊은 듯 성아는 은근히 마음에 두고 있던 남자애들에 대해 신이 나서 재잘거렸다. 나는 한참 이야기를 들어주다가 말을 꺼냈다.

"성아야, 오늘 미용실 아줌마 때문에 속상했지?"

"응. 아까는 아줌마가 미워 죽을 뻔했어. 그런데 내 머리는 정말 너무 빠글거리는 거 같아. 그러니까 그 아줌마가 그렇게 생각하지. 학교에서도 흑인 애들이 나한테 친하게 군 적이 많았거든. 내가 자기네하고 같은 피가 섞여 있다고 생각하나?"

"그랬니? 난 몰랐네. 아무튼 내가 아는 한 우리 조상 중에 흑인은 없었어. 나도 어릴 때 곱슬머리가 싫어서 참 속상했는데…….."

"그런데 왜 엄마는 나한테 하필이면 곱슬머리를 줬어. 아빠는 곱슬머리가 아니니까 차라리 아빠를 닮았으면 좋았을 텐데…….."

"내가 골라서 전해줄 수 있었다면 그렇게 했겠지. 하지만 대신 너에게 길고 늘씬한 다리를 줬잖아. 엄마 닮았으면 숏다리가 돼서 바지 살 때마다 접든지 줄여야 하지 않았겠니? 또 이빨도 그렇잖아. 아빠 닮았으면 쥐이빨처럼 보기 싫었겠지만 엄마를 닮아서 고르고 예쁘잖니. 눈도 동그랗고 크고."

"사실 그렇긴 해요."

성아는 기분이 완전히 풀렸다는 듯 희고 가지런한 이를 드러내며 활짝 웃어 보였다.

"중요한 건 네 마음이야. 곱슬머리가 속상하고 싫어도 바꿀 수 없잖아. 허긴 파마로 펼 수도 있다지만……. 그러고 보니 그래도 넌 행운아잖아! 영구적이진 않지만 곱슬머리는 펼 수 있으니 말야. 나처럼 다리가 짧거나 키가 작은 사람은 고칠 수도 없는데. 그래서 말인데 어차피 바꿀 수 없는 현실은 마음을 달리 먹으면 행복할 수가 있어."

성아는 대답 없이 그저 내 말에 귀를 기울였다.

"사람의 생김새도 마찬가지야. 누구나 자기 생각에 잘생긴 곳과 못생긴 곳이 있거든. 스스로 바꿀 수 없을 바에는 못생긴 면만 생각해 불평하기보다는 잘생긴 면을 바라보면서 만족스럽게 사는 게 낫지 않겠니?"

엄마 말을 받아들일까 말까 망설이는 눈치였지만 아무튼 진지한 모습이었다.

"사람들이 영화배우들 참 잘생겼다며 부러워하지? 그렇지만 그 사람들도 나름대로 불만이 많다고. 우리가 보기엔 잘생겼지만 그들 주변에는 잘생긴 사람들만 있으니까 자기는 못생긴 것처럼 느껴지거든. 아무튼 아무리 멋있는 몸매와 잘생긴 얼굴도 자신이 몰라주면 아무 소용이 없지. 마릴린 먼로 좀 봐. 전 세계 남성들이 반했어도 우울증으로 그만 자살해버렸잖아. 이왕이면 자신의 단점보다 장점을 생각해. 그러다 보면 마음도 편안해져. 남의 말을 다 신경 쓰다간 아무 일도 못해."

우리의 산책은 어느덧 끝이 나고 있었다. 동네 어귀에 들어서니 먼 곳부터 땅거미가 깔리기 시작하고, 한 집, 두 집 불을 밝힌 창문들이 눈에 띄었다.

어른들의
생각을 담다

할머니와 할아버지의 영어 통역을 하다 보니
그 분들의 생각이 성아의 입을 통해 흘러나와
세상을 보는 눈도 그만큼 넓어졌다

버지니아 주 포트 리에서의 생활은 우리 가족에게 있어 파라다이스였다. 아버지, 엄마 그리고 성아는 언제나 붙어 다니는 삼총사가 되었다. 그들은 짧은 일 년 동안 서로의 기억에 즐거운 추억을 듬뿍 주워 담았다.

미국에 들어오기 전, 아버지는 66세의 적지 않은 연세에 처음으로 운전면허증을 땄다. 열 번 이상 낙방해 면허시험장에 새로운 기록을 남겼지만 최고령 취득자라는 기록도 남겼다.

나는 미국에 도착하자마자 아버지께 자동차를 한 대 마련해드렸다. 독일서 쓰던 1982년형 도요타 셀리카였다. 아버지에게 셀리카는 벤츠 이상이었다. 아버지는 밤잠을 설치며 즐거워하셨다. 내가 출근하고 나면 아버지는 엄마와 성아를 태우고 집을 나셨다. 부대 안은 물론 부대 밖 제법 먼 곳까지 돌아다니셨다. 나와 달리 아버지는 길눈이 무척 밝아서 영어를 몰라도 멀리 가는 것을 두려워하지 않으셨다. 더구나 길 찾기 영어 회화는 가능한 손녀가 옆에 있었고, 여차하면 '누구에게든 물어보면 되지.' 하는 배짱도 있으셨다.

삼총사는 부대 문에 들어올 때를 유난히 즐거워했다. 정문을 지키던 잘 차려 입은 헌병이 차에 붙은 청색 출입 패스(장교 표시)를 보고 삼총사에게 경례를 부쳤기 때문이다. 그러면 아버지도 활짝 웃으며 경례로 답례를 하셨다. 옆에서 할머니와 손녀는 손뼉을 치며 즐거워했다.

"아니, 엄마 이게 뭐예요?"

미국에 온 지 일주일쯤 되었을까? 퇴근하고 집에 들어섰을 때 못 보던 얇은 이불과 담요가 거실에 잔뜩 널려 있었다.

"오늘 PX 갔다가 어떤 한국 아주무이로 만났는데 그 아주무이가 가왔다 아이가."

밖에서 도토리를 까다가 밥상을 차리러 들어온 엄마가 궁금증을 풀어주셨다.

"요 부근에 있는 교회에 나가는데 일요일에 우리를 데리고 가겠다 카더라."

이번에는 잔디를 깎다가 들어오신 아버지가 웃으면서 알려주었다.

"엄마, 그 아줌마가 그릇 같은 것도 되게 많이 가져왔어요."

성아도 신이 나서 끼어들었다.

사실 초기 미국 생활은 한마디로 엉망이었다. 한국에서 부친 이삿짐이 도착하지 않아서 당장 필요한 것 몇 가지만 부대에서 빌려 쓰고 있던 터라 살림이 여간 불편한 것이 아니었다.

미국에 오자마자 나는 낯선 이국의 땅에 들어선 부모님을 위해서 한국 교회를 찾았다. 한국 사람들과 어울리면서 미국 생활의 이모저모를 배울 수도 있고, 혹시 향수병이 생기더라도 도움을 받을 수 있을 것 같아서였다. 삼총사와 교회의 인연은 그렇게 시작되었다. 그날부터 교회 사람들은 삼총사의 생활에 뺄 수 없는 중요한 일부가 되었다. 수시로 만나 함께 예배 드리고, 여럿이 모여 밥도 해먹고, 또 종종 야유회도 가면서 내가 풀어주지 못한 미국 생활의 궁금증을 해결해주었다.

그때부터 삼총사의 활약상은 본격적으로 전개됐다. 그 첫 번째는 도토리 줍기 작전이었다. 엄마는 부대 잔디밭을 덮듯 널려 있는 도토리를 보고 눈이 휘둥그레졌다. 허리와 다리가 아픈 것도 잊고 다

람쥐들에게 '전쟁'을 선포했다. 엄마의 성화에 아버지도 동원되었다. 엄마는 두 일꾼을 거느리고 하루에 한 자루씩 도토리를 주웠다. 주워온 도토리로는 묵을 쑤었는데, 한 번에 몇 자루씩 쑤어 교회 사람들한테 돌리고도 남을 정도로 만들었다.

두 번째는 고사리 뜯기였다. 고사리의 계절엔 엄마의 욕심이 극에 달했다. 아버지와 성아를 재촉해 날마다 고사리 언덕을 찾아다녔다. 뱀이 있다는 교회 사람들의 경고도 엄마를 말리지 못했다. 세 사람은 한나절 내내 경쟁하듯 고사리를 맹렬히 뜯었다. 할머니의 억척을 닮은 성아는 얼마 안 되어서 고사리 뜯기의 일인자가 되었다. 삼총사가 뜯어온 고사리를 엄마는 푹 삶아 독을 빼고, 잔디밭에 이불 깔듯 이리저리 널어 말렸다. 엄마는 바짝 말린 고사리를 한국에도 가져가 이웃과 친척들에게 그 '비싼' 걸 나누어주었다. 또한 나를 위해 밥상에 언제나 고사리나물을 올리는 바람에 나는 때 아닌 호사를 누리기도 했다.

시간이 흐를수록 삼총사의 무용담은 늘어만 갔다. 삼총사는 원시시대로 돌아간 듯 자연에서 수렵과 채취의 기쁨을 누렸다. 교회 사람들과 어울려 해변으로 가서 조개를 주워오고, 가까운 개천에 가서 망태기로 물고기를 잔뜩 잡아와 매운탕을 끓여 먹기도 했다. 가끔은 버지니아 해안으로 게를 잡으러 갔다. 다리 난간에 서서 망태에 생닭다리를 넣고 물속으로 드리웠다 2~3분 후에 올리면 영락없이 게가 몇 마리씩 들어 있었다.

시골에서 잔뼈가 굵은 부모님은 농사를 잊을 수가 없었다. 부대에서 빌린 땅을 일구어 배추, 무, 고추, 깨, 호박 등을 심어놓고 온갖 정성을 쏟았다. 새들이 농부를 괴롭히는 것은 미국도 마찬가지였다. 성아는 할아버지와 같이 허수아비를 만들어 세웠다. 지나가던 부대 신문 기자가 재미있는 풍경이라 생각했던지 허수아비 옆에 선 삼총사의 사진을 찍어 신문에 싣기도 했다.

그게 끝이 아니었다. 엄마의 등쌀에 그날도 아버지는 엄마와 성아를 태우고 고사리밭으로 향했다. 전에 교회 사모님이 한 번 데리고 간 곳이었다. 아버지는 대충 방향만 잡아 그쪽으로 차를 달렸다. 한참을 달리자 고사리 이파리들이 흐드러지게 덮고 있는 언덕이 보였다. 엄마가 그걸 놓칠 리 없었다.

"차 시아요! 여 꼬사리 세 빠졌네!"

아버지가 급하게 브레이크를 밟았다. 뒷자리에서 넋 놓고 자던 성아가 앞 의자에 이마를 찧었다. 아이 머리엔 혹이 났다. 아버지가 차를 고사리밭에 좀 더 가까이 대려고 후진하는데, 순간 자동차 오른쪽 뒷바퀴가 기우뚱하며 아래로 내려앉았다. 아버지는 차를 다시 앞으로 빼려 했지만 헛바퀴만 돌 뿐 차는 움직이지 않았다. 오른쪽 뒷바퀴가 길옆 진창에 빠진 것이었다.

"허허, 골치 아프게 됐네. 다 내리서 뒤에서 좀 밀어라."

아버지의 명령에 두 조수는 자동차 뒤로 가서 손을 차에 얹고 밀 준비를 했다. 아버지는 자동차 기어를 '드라이브'에 놓았다. 아버지는 힘껏 액셀러레이터를 밟았다. 그러나 차는 움직이기는커녕 헛바퀴만 돌았다.

"우엑, 퉤퉤퉤!"

갑자기 두 조수가 뒤에서 소리를 질렀다. 백미러에 얼굴과 옷 앞자락이 진창으로 범벅이 된 두 조수가 비쳤다. 머드팩을 쓴 듯한 얼굴에는 황망한 표정이 역력했다.

아버지는 억지로 웃음을 참으며 차에서 내렸다.

"와이고 사람들아, 우예된 일이고? 마 각설이가 따로 없네."

두 조수는 운전사에게 눈을 흘기며 입에 들어간 진흙을 뱉어내느라 계속 웩웩거렸다.

차를 끌어내기 위해 삼총사가 한참을 이 궁리 저 궁리 하고 있는데 지나가던 트럭이 멈춰섰다. 문이 열리고 흑인 남자 두 명이 내리더니 도와주겠다고 나섰다.

아버지가 자초지종을 설명하고 성아가 통역을 했다. 두 남자는 한참 이리저리 궁리하더니, 한 사람이 자동차에서 나무 막대기들을 꺼내왔다. 막대기들을 빠진 바퀴 앞에 늘어놓자, 다른 한 사람이 트럭을 후진해 와서 아버지의 차 앞에 세운 뒤 체인으로 두 차를 연결했다. 서서히 트럭이 앞으로 전진했다. 아버지의 차도 말 잘 듣는 아이처럼 순순히 끌려나왔다.

"땡큐! 땡큐!"

"Thank You."

"No Problem. Have a nice day(천만에요. 좋은 하루 되세요)."

"빠이 빠이."

성아가 없는 날도 코미디는 있었지만 바람 빠진 풍선격이었다. 삼총사가 뭉쳐야 확실한 사고가 일어났다. 그러다 보니 퇴근해서 성아와 부모님에게 그날 있었던 각종 사건 사고 소식부터 접하는 게 나의 일과가 되었다.

성아에게는 이 시기가 마음껏 논 시기이자, 책임감을 배운 시기이기도 했다. 할머니, 할아버지는 영어를 못할 뿐 아니라 미국식 관습에 익숙지 않기 때문에 물가에 내보낸 어린애 같았다. 누군가 따라다니며 뒤치다꺼리를 해야 했다. 두 사람을 데리고 다니며 짧은 영어로 통역을 하다 보니 잊었던 영어 실력이 늘어난 것은 물론 할머니, 할아버지의 생각이 성아의 입을 통해 흘러 나와 세상을 보는 눈도 그만큼 넓어졌다.

책임지는
용기

아이는 어느새 부쩍 커 있다.
성아도 내가 모르는 사이 책임감을 아는
어른으로 나와 어깨를 나란히 하고 있었다.

"아이고, 야야, 와 인자 오노? 큰일 났다."

장교들과 술을 마시고 귀가 시간이 늦었던 어느 무더운 여름날, 현
관문을 열고 들어서는데 엄마가 허둥대며 나왔다.

"차 사고가 나서 다 어데로 갔는지도 모린다. 느그 언니는 머리가
깨지고 난리 났단다."

엄마는 연신 눈물을 닦으며 울먹이셨다.

"어디서요? 딴 사람은?"

"누나한테서 전화가 왔는데 저기 큰길 로즈 백화점 앞에서래요. 주차장에서 나와서 좌회전하다가 사고가 났나 봐요. 벌써 한참 됐는데 이모 전화번호를 몰라서……."

엄마가 말을 잇지 못하자 뒤에 있던 조카 승용이가 대답을 했다.

"어느 병원에 있대?"

엄마도 승용이도 모른다고 했다. 답답하고 초조했지만 술기운 때문에 판단력이 흐려져 있었다.

"내가 나가 보고 올게요. 너무 걱정 마세요."

차를 몰고 사고 지점에 가봤지만 아무런 흔적이 없었다. 주변 사람들을 붙들고 물었지만, 그 사고에 대해 아는 사람은 단 한 사람도 없었다. 꼭 무슨 귀신에 홀린 기분이 들었다. 일단 다시 집으로 돌아갔다. 도착하자마자 조카 승희에게서 전화가 왔다.

"이모, 저 승흰데요. 여기 부대병원이에요. 엄마는 앰뷸런스가 와서 시내에 있는 종합병원으로 모셔갔고, 할아버지와 성아 그리고 저는 여기로 왔는데……."

"다친 데는?"

"엄마가 좀 심하게 다쳤고, 성아는 얼굴을 많이 다쳐서 지금 유리 조각을 뽑고 있어요. 저는 목만 좀 삐었고, 할아버지는 괜찮으신 것 같아요."

부대병원으로 가는 길에 비를 만났다. 불과 10분 거리가 마치 몇 십 리나 되는 것같이 느껴졌다.

"니 볼 맨목이 없다."

보기에도 안타까울 정도로 초췌해진 아버지는 눈물을 닦으시며 말을 잇지 못했다.

"다치신 데는요?"

"나는 개안타. 차라리 내가 다칫스믄 좋았을 낀데……. 니 언니는 우예됐는지……."

승희 역시 나를 보자 눈시울부터 적셨다.

"성아는?"

"저기 응급실에 있어요."

나는 승희가 가리키는 쪽으로 서둘러 들어갔다. 을씨년스러운 응급실 군용 침대에 누워서 발발 떨고 있는 조그만 여자아이. 이 악몽이 현실이 아니기를 빌었다. 성아 얼굴에서 열심히 유리 조각을 집어내던 군의관이 인기척을 느끼자 뒤를 돌아보았다.

"정말 훌륭한 따님을 두셨습니다. 여태껏 이렇게 의젓한 아이는 처음 봅니다."

어리둥절한 표정으로 군의관을 쳐다보는데 옆방에서 누군가가 고통스러워 죽겠다는 듯 고래고래 비명을 질러댔다.

"술 취한 젊은 남자인데 손을 좀 다쳤어요. 작은 상처인데도 저렇게 엄살을 떤다니까요."

군의관이 고개를 설레설레 흔들었다.

"재스민의 얼굴은 어떻습니까? 괜찮겠습니까?"

"얼굴에 유리 조각이 꽤 많이 박혀서…… 그걸 다 제거하고 꿰매려면 아직도 몇 시간 더 걸릴 것 같아요. 상처를 잘 아물게 하고 흉터를 줄이기 위해서는 마취를 하지 않는 것이 좋거든요. 그렇게 설명했더니 재스민이 수긍하더군요. 아무튼 두세 시간의 수술 동안 재스민은 한 번도 소리를 지르거나 몸을 움직이지 않았어요. 솔직히 좀 놀랐습니다. 그래서 저도 더욱 분발하고 있어요."

내 귀를 의심했다. 치과에만 가도 배가 아프다고 엄살을 떨던 성아가 아니던가. 몇 시간이나 맨살을 헤집고 유리를 꺼내고 또 찢어진 곳을 꿰매고 있는데 한마디 비명도 없이 참고 있다니……. 믿기지 않았다.

군의관이 잠깐 옆방에 간 사이, 성아가 누워 있는 침대에 걸터앉아 손을 잡았다. 딸아이의 손은 가냘팠다. 얼굴은 군데군데 피로 얼룩진 채 부어 있었고, 강한 에어컨 바람 때문인지 손이 얼음장처럼 차가웠다. 옆방의 간호사에게 부탁해 군용 담요를 한 장 얻어와 떨고 있는 성아의 몸을 덮어주었다.

"아프지?"

"응."

"그런데 어떻게 그렇게 참았니? 마취도 안 한 생살을 꿰매는
데……."

의사 선생님이 얼굴의 흉터를 줄이려고 애쓰는데 자신이 소리를
지르면 당황해서 실수할 수도 있을 것 같고, 또 소리를 지른다고 아
픈 게 없어지는 것도 아니어서 참았다며 꼭 쥐고 있던 수건을 보여주
었다. 피 묻은 수건은 비틀려진 나머지 찢어지기 일보 직전이었다.

응급실 밖에서 눈물을 훔치시는 아버지를 뒤로 하고 나는 승희와
함께 언니가 실려 갔다는 병원으로 향했다. 피곤했다. 하지만 긴장
을 놓치지 않고 길을 더듬어 달려갔다. 조카 승희는 옆에서 여전히
흥분이 가시지 않은 목소리로 말했다.

"나는 이번 사고로 성아를 정말 다시 봤어요."

"그게 무슨 말이야?"

"가게에서 몇 가지 사 가지고 나와서 집으로 가는 길이었거든요.
할아버지가 운전을 하고 내가 운전석 옆에 앉고 엄마가 내 뒤에, 성
아가 할아버지 뒤에 앉았어요. 할아버지가 주차장을 나와 좌회전을
하는데 갑자기 '쾅' 하더니 차가 휙 돌더라고요."

생각도 하기 싫은 듯 승희는 머리를 설레설레 흔들었다.

"왼쪽에서 오던 차가 성아가 앉은 쪽을 세게 들이받았는데 문이
안으로 밀려들어가면서 그쪽으로 향하고 있던 엄마의 머리를 받았
던 것 같아요. 엄마는 그대로 기절해버렸어요. 그리고 창유리가 박

살나면서 성아 얼굴로 튀어 얼굴이 온통 피투성이가 됐죠. 엄마 머리에서 쏟아진 피가 성아 옷을 벌겋게 적셔놔서 처음엔 모두 성아가 다친 줄 알았어요."

승희는 기억을 더듬는 듯 잠시 말이 없었다. 장대비가 요란한 소리를 내며 차를 때리고 있었다.

"아무튼 경찰이 오고…… 사람들이 피투성이가 된 성아를 보고 놀라서 비명을 지르고……. 앰뷸런스 사람들하고 경찰이 성아더러 괜찮냐고 묻는데 성아는 '우리 이모가 많이 다쳤어요. 빨리 이모부터 구해주세요. 돌아가실지도 몰라요. 저는 괜찮으니까 빨리 우리 이모부터 구해주세요.' 하잖아요. 더구나 우리가 영어를 못하는 바람에 성아가 얼굴에 피를 줄줄 흘리면서 경찰들 조사하는 데 혼자 통역을 다 했죠. 한참 후에 부대 앰뷸런스가 와서 우리를 이리로 싣고 왔어요. 병원에 오면서도 성아는 신음 한 번 안 내더라고요."

조카의 말에도 나는 여전히 믿기지 않았다. 성아의 의연함이 낯설었다.

"아이고 야야, 내 등더리가 와 이렇게 땡기고 아프노? …… 아파 죽겠다."

응급실로 들어서자 언니가 통증을 호소했다. 어디를 얼마나 다쳤는지는 정확한 검사를 해봐야 안다며 담당 의사는 진통제 사용을 허락하지 않았다. 한 시간을 그렇게 답답하게 검사 결과를 기다려야만

했다. 의사한테 대충 언니 상태를 전해 듣고 의사가 묻는 대로 사고 정황을 설명해준 뒤 나는 다시 부대병원으로 향했다. 저녁부터 시작된 비는 자정을 넘기자 폭우가 되어 쏟아지고 있었다.

그제야 완전히 술이 깬 나는 점점 커지는 빗소리만큼이나 현실이 못 견디게 무섭게 느껴졌다. 어찌할 바를 몰라 공포에 덜덜 떨고 있던 식구들의 얼굴이 스쳐갔다.

'정신 차려!'

나는 쏟아지는 빗줄기 속에서 눈을 부릅떴다. 어쨌든 큰 위기가 닥치지 않았다는 안도감과 묵직한 피곤함이 뒤엉켜 밀려들었다.

아버지와 성아를 태우고 집으로 향할 때는 이미 새벽이었다. 그렇게 퍼부어대던 비와 천둥 번개도 자취를 감추었다. 하늘에는 총총한 별들이 젖은 아스팔트를 비추고 있었다.

"너 아까 안 놀랐니?"

"응, 놀랐어. 내 옷이 피범벅되어 있으니까 무서웠어. 이모는 많이 다쳐 있고. 이모 머리가 갈라져서 끊임없이 피가 솟더라고. 이모가 죽을지도 모른다는 생각이 들었어. 그래서 용기를 냈지. 나까지 허둥지둥하면 식구들은 어떡해."

성아는 내가 모르는 사이 부쩍 커 있었다. 더 이상 열한 살짜리 응석받이가 아니었다. 책임감을 아는 한 사람의 어른으로 나와 어깨를 나란히 하고 있었다. 나는 그 일로 성아를 다시 봤다. 그전까지는 단지 말 잘 듣는 아이에 불과했다. 하지만 그 일을 겪으며 나는 그 아이의 용기와 책임감을 보았다. 아이에 대해 욕심을 가져도 될 것 같았다.

아이의
성품대로

타고나기를 경쟁을 싫어하는 이도 있고 즐기는 이도 있다.
성아는 후자였다. 경쟁심은 어디에 쓰느냐에 따라
자신을 더 빨리 발전시킬 수 있는 귀한 원동력이다.

언니는 내 삶에 영향을 주었듯 성아에게도 적지 않은 영향을 주었
다. 이민 와서 2년 동안 언니는 페이어트빌에서 우리와 같이 살면서
성아의 곁을 지켜주었다. 또한 조카들도 같이 살면서 부득이 '외동
딸'이 되었던 성아에게 형제가 생겼다.

"야들이 바나나 귀신이 붙었나? 어제 한 보따리 사왔는데 벌써 다
먹었다카이."

또 바나나를 사달라는 성아의 성화에 기가 차다는 듯 아버지가 머리를 설레설레 흔들었다.

당시 한국에서 귀했던 바나나를 한 보따리 사다주자 조카들은 한자리에서 대여섯 개씩 먹어치웠다. 옆에서 보고 있던 성아도 덩달아 덤벼들었다.

"야는 전에는 바나나 본 척도 안 하디마는……."

성아가 게걸스럽게 바나나를 먹는 것이 신기한지 엄마도 한마디 거들었다. 전에는 어쩌다 사온 것도 먹는 사람이 없어 결국 썩어 버리곤 했다. 우리는 성아가 바나나를 좋아하지 않는다고 생각했다. 그런데 승희와 승용이가 온 후론 전혀 다른 태도를 보이는 것이었다. 부모님이 바나나를 사다주면 먼저 자기 몫의 바나나부터 챙겼다. 그러고는 누가 뺏어 먹기라도 할까 봐 한꺼번에 다 먹어버리곤 했다.

성욱이와 같이 살 때도 성아는 식탐을 보일 때가 많았다. 제천에서 오빠네 아이들과 같이 살 때도 욕심을 부렸다고 한다. 그러나 서울에서 살 때부터는 잘 먹지 않아서 엄마가 속을 끓일 때가 많았다. 먹는 걸로 다툴 상대가 없는 외동딸이었기 때문이다.

사람이란 원하면 바로 가질 수 있는 것에 매력을 못 느낀다. 무엇이든지 좀 모자란 느낌이 들거나 없을 때, 사람은 그것을 갈망하게 된다. 마냥 아이였을 때는 그런 모습이 더욱 두드러진다. 그렇지만 무언가를 감출 수 있는 나이가 되어서도 그런다면 그건 타고난 성품이 틀림없다. 사람의 성품도 여러 가지다. 타고나기를 경쟁을 싫어하는 사람이 있고 즐기는 사람이 있다. 성아는 후자였다. 누군가 옆에 있으면 분명히 경쟁을 할 것이 틀림없었다. 경쟁심은 투쟁심과 같다고 생각한다. 어디에 쓰느냐에 따라 자신을 더 빨리 발전시킬수 있는 귀한 원동력이다.

미국의 대학은 예술, 스포츠, 봉사 활동 등 학생의 과외 활동 이력을 중시한다. 그것으로 성적을 매기는 것은 아니지만 경험과 성과를 인정받을 수 있고 또 추천장을 받으면 심사에 많은 참고가 되기도 한다.

성아의 경쟁심은 스포츠 활동에 잘 어울릴 듯했다. 그러나 어릴 때했던 수영이나 태권도 말고는 다른 운동을 배워본 적은 없었다. 나는 단체운동을 선택하기로 했다. 투쟁심과 팀워크를 같이 배울 수있다고 믿었기 때문이다. 그렇게 나의 권유로 성아는 중학교 2학년 때 난생 처음으로 배구를 시작했다.

배구팀은 일정 기간 훈련을 시킨 뒤 테스트를 통해 선수를 뽑는데, 이미 훈련 인원이 모두 차 있었다. 하지만 시작도 안 해보고 포기할수는 없었다. 나는 코치를 직접 찾아가 사정을 설명했다.

"이 아이는 한 번도 배구를 해본 적은 없지만, 아이의 성격상 기회를 준다면 누구보다 잘할 것입니다."

나는 성아에게 한 번만 기회를 주라고 하는 대신 엄마인 나에게 한 번만 기회를 달라고 했다. 내 말이 맞는지 안 맞는지 증명해 보일 기회를 달라고 말이다. 아무튼 코치는 내게 설득당했고 성아를 배구팀 훈련생으로 받아주었다. 그런데 하필이면 그날이 배구팀 원서를 내는 마지막 날이라서 우리는 콩 볶듯 뛰어다녀야 했다. 바로 신체검사를 받아 그 결과와 입단 원서를 학교에 제출해야 했기 때문이다. 병원과 학교를 바쁘게 오간 덕에 서류를 아슬아슬하게 마감 시간 안에 접수시킬 수 있었다.

"엄마, 참 대단해."

접수가 끝나자 한숨 돌렸다는 듯 성아가 말했다.

"그럼, 이왕 매니저를 하려면 확실하게 해야지."

성아는 처음엔 서툴렀다. 그리고 그것을 창피해했다. 하지만 그것이 원동력이 되어 성아는 배구 연습에 몰두했다. 매일 어둑어둑하니 땅거미가 질 때까지 연습하고 파김치가 되어 현관에 들어섰다. 손목이며 팔에 퍼렇게 든 멍이 가실 날이 없었다. 그렇게 악전고투를 치른 끝에 교체 멤버 6명 안에 들게 되었다.

"엄마, 이게 뭐게요?"

어느 날, 성아가 등 뒤에 뭔가를 감추고 입이 함지박이 되어 나를 맞았다.

"내가 못 맞추기를 바라면서 뭘 그래!"

눈을 흘기며 내 눈앞에 성아가 들이댄 것은 가장 눈부신 발전을 이룬 사람에게 준다는 '발전상(Most Improved Player, MVP를 패러디한 말)'이었다. 코치는 성아의 노력에 '발전상'을 주었다. 반 년 동안 손목과 팔에 피멍이 든 대가였다. 당장 샴페인이라도 터뜨릴 기세로 기뻐해 주었다. 그러나 사실 나는 성아가 상을 받은 사실이 전혀 놀랍지 않았다. 당시에 성아가 알았다면 몹시나 김빠져했겠지만 말이다.

나는 성아가 반드시 해낼 것이라고 믿고 있었다. 배구를 통해 성아는 자신을 위한 경력을 쌓았을 뿐 아니라, 경쟁에서 이기는 경험을 했다. 그 경쟁 상대가 바로 자신이었다는 게 성아를 더욱 빛나게 했다.

'누구 딸인데……, 절대로 지고는 못 살지.'

우정에 대하여

친한 친구들은 오래 또 멀리 떨어져 있다가도
다시 만나면 반갑고 좋기 마련이다.
잠깐 헤어진다고 해서 우정이 끝나는 건 아니다.

컬리지 레이크 공립학교로 옮겨온 후 성아의 성적은 중위권을 넘어 상위권으로 진입했다. 영어가 부쩍 는 데다 경쟁심이 발동한 탓이었다. 노스캐롤라이나에서 살 때 우리 집안에는 학생이 두 명 더 있었다. 조카인 승희가 대학에, 승용이가 고등학교에 다니고 있었다. 사촌형제들 옆에서 성아는 자연스레 공부하는 습관을 들였다.

이웃에도 좋은 친구가 생겼다. 대니얼이라는 백인 여자아이인데 마음씨가 착하고 다정했다. 지나가다가도 우리 식구를 보면 반갑게 인사를 건넸다. 아침에 학교 갈 때도 우리 집에 들러 성아와 같이 갔고 집에 올 때도 함께였다. 둘은 단짝이 되어 서로의 집을 오가며 같이 공부도 하고 마음을 터놓기도 했다.

그즈음 좋아하는 남자아이도 생겼다. 사춘기는 사춘기였던 모양이다. 로비라는 금발에 파란 눈을 한 백인 아이가 성아의 '길버트'였다. 그 아이도 우리 동네에 살았기 때문에 등하교 길에 같은 버스를 타고 다녔다. 성아는 틈만 나면 "로비가……."라는 말을 달고 살았다. 다만 로비는 성아의 관심과 애정을 전혀 몰랐다.

그렇게 어린 성아의 가슴을 태우던 연정은 성냥불 한 번 못 켜본 채 끝났다. 이후 어렵게 주어진 동북아 지역 전문가 교육을 받으러 내가 이동을 해야 했고, 때문에 우리 가족 또한 캘리포니아로 떠나야 했다. 성아에게 또 한 번의 희생을 강요해야 하는 처지가 된 것이다. 더 이상 아이가 아닌 소녀에게 어떻게 설명해야 할지 난감했다.

성아는 2년 동안 사귀어온 친구들과의 작별을 못내 아쉬워했다. 풀이 죽어 있는 성아를 데리고 우리가 자주 찾던 중국집으로 갔다. 성아가 좋아하는 달고 새콤한 수프와 오렌지를 곁들인 왕새우 요리, 그리고 탕수육을 시켰다. 맛있는 음식을 먹자 성아의 기분이 좀 풀어졌다. 나는 돌리지 않고 말했다.

"친한 친구들과 헤어지기가 섭섭하지?"

"응."

성아의 목소리는 금방 비가 올 듯 젖어버렸다.

"엄마도 처음 미국 올 때 그랬어. 친구들도 부모 형제도 언제 만날 수 있을지 기약이 없고……. 떠나기 전에 혼자 숨어서 많이 울었어."

성아는 고개를 푹 숙인 채 내 말을 듣고 있었다.

"한국에 갔을 때 엄마 친구들 집에 갔던 일 생각나지? 남영이 아줌마, 희숙이 아줌마. 그 아줌마네 언니, 오빠들이 너를 친동생처럼 귀여워해줬잖아."

"응. 특히 혜선이 언니하고 준경이 언니가 나한테 참 잘해줬어. 예쁜 머리핀도 주고 그림도 그려주고. 그 언니들도 보고 싶어."

성아의 목소리에 잔뜩 끼어 있던 구름이 조금 걷혔다.

"그 언니들의 엄마들은 내 고등학교 친구들이야. 엄마 초등학교 동창들 집에도 갔었는데, 혜란이 아줌마, 은숙이 아줌마, 옥자 아줌마……."

옛날 얘기를 듣는 아이처럼 성아의 눈에는 생기가 돌기 시작했다.

"엄마 친구들은 만난 지 벌써 몇십 년이 됐지. 그런데 친한 친구들은 그렇게 오래 또 멀리 떨어져 있다가도 다시 만나면 언제 헤어졌느냐는 듯이 반갑고 좋거든. 잠깐 헤어졌다고 해서 우정이 끝나는 건 아니야."

"……."

"엄마가 제천에만 살고 서울로 고등학교를 가지 않았더라면 희숙이 아줌마나 남영이 아줌마는 못 만났겠지. 서울로 갔기 때문에 제천의 친구들은 그대로 친구로 있으면서, 또 새로운 친구들을 만날 수 있었던 거야."

성아의 얼굴이 점점 밝아지고 있었다.

"성아가 한국 친구들과 헤어지기 싫다고 그냥 한국에 있었더라면 노스캐롤라이나에서 만난 친구들은 평생 모르고 살았을 걸. 여기 오기 전엔 대니얼이나 로비 같은 아이들을 만날지 몰랐잖아. 몬트레이도 마찬가지겠지? 거기에서 또 어떤 친구와의 우정이 널 기다리고 있을지 모르잖아. 설사 아무도 없다 해도 이곳 친구들은 네가 여기 올 때마다 다시 만날 수 있고, 한번 친해진 친구는 계속 남게 되고, 새로운 곳에서 또 좋은 친구를 만나게 되는 거야. 그럼 성아는 날이 갈수록 친구가 늘어가니 얼마나 행운아야. 아마 네 친구들은 네가 무척 부러울 거야."

다행히 성아는 내 말을 이해해주었다. 그날 성아는 한국에 있는 단짝 혜현이에게 편지를 썼다.

와, 정말 오래되어서 무슨 말을 먼저 해야 할지 모르겠다. 여긴 여름방학이 시작되어 나는 지금 편히 앉아 커피 한 잔을 마시며

'삶의 보람을 느낀다고 말할 수 있었으면 얼마나 좋을까.'라고 생각하고 있어. 나는 이 편지를 새벽 1시 29분에 쓰고 있어. 나도 이제 늙었나 봐. 밤늦게 우리의 옛 시절이 생각나는 걸 보면. 아차! 깜박 잊을 뻔했네! 나 8월 말쯤이면 캘리포니아로 이사 가게 된다. 그곳에 가면 많은 친구들을 사귀게 되겠지. 가자마자 네게 편지를 쓸게.

그동안 친했던 친구들에게 편지를 쓰고 전화통에 매달려 있느라 성아는 한동안 바빴다. 그러면서 마음 정리가 되었는지 우리가 노스 캐롤라이나를 떠날 때는 이별을 아쉬워하는 친구들에게 자신의 경험을 얘기하며 위로해주는 여유를 보였다. 성아는 아마 내가 제게 얘기해준 걸 친구들에게 그대로 했을 것이다.

"친한 친구들은 몇십 년씩 오래 또 멀리 떨어져 있다가도 다시 만나면 언제 헤어졌느냐는 듯이 반갑고 좋은 거야. 잠깐 헤어졌다고 해서 우정이 끝나는 건 아니잖아. 네가 나를 잊지 않는다면 우리의 우정은 앞으로도 계속될 거야."

할아버지의
유산

사랑을 받을수록 사랑스러운 사람이 되고,
사랑을 베풀수록 큰 사람이 된다.
아버지가 성아에게 남긴 유산은 사랑이었다.

여름방학 동안이나마 친구들과 석별의 정을 나누도록 성아를 남겨
두고, 나는 부모님만 모시고 집을 나섰다. 끈적끈적한 노스캐롤라이
나의 더위를 피해 태평양에서 불어오는 시원한 바람이 땀에 젖은 등
을 식혀주는 캘리포니아로 갔다. 현철의 〈내 마음 별과 같이〉를 목청
껏 따라 부르며 내 쉐보레는 뭉게뭉게 피어난 구름처럼 광대한 미국
대륙을 건넜다.

도중에 우리는 텍사스와 뉴멕시코를 거쳤고 그랜드 캐니언을 보았다. 라스베이거스, 로스앤젤레스, 샌디에이고를 거쳐 몬트레이에 도착한 것은 노스캐롤라이나를 떠난 지 14일째 되던 날이었다. 운전이 힘들긴 했지만 멋진 여정이었다. 그리고 그것은 여행을 좋아하시던 아버지와의 마지막 여행이었다.

　미국에서 가장 아름다운 곳이라고 할 수 있는 몬트레이, 나는 그 '천국'에서 우리 가족에게 정말 소중했던 한 사람이 시들어가는 모습을 보았다. 마치 당신의 영혼을 신께 바치듯, 아버지의 영혼은 한순간에 흰 연기처럼 홀연히 하늘로 날아가 버렸다.

　"성아야, 훌륭하게 자라거라. 할아버지는 그것을 소망한다. 항상 우리 성아가 '할아버지, 꽈자' 하는 소리를 듣고 싶단다. 만화 보지 못하게 녹음한 것도 잊지 말아라……."

　항상 손녀를 염려하던 할아버지는 녹음기에 당부의 말을 남겨두었다. 성아가 전에 한국에서 장난삼아 녹음해둔 아버지의 목소리는 언제까지나 그렇게 손녀를 격려하고 있다.

　몬트레이에 도착한 지 채 2주일도 안 지났을 때, 엄마와 나는 아버지에게 무언가 이상이 생겼음을 직감했다. 길눈이 밝은 아버지가 길을 잃고 헤매기도 하고, 화장실에 갔다가는 옷을 제대로 못 입어 한참을 고생하셨다. 이미 폐암 말기로, 암세포가 아버지의 뇌를 잠식해버린 뒤였다.

엄마는 미국에서 초상을 치를 수 없다고 서둘러 한국행을 재촉했다. 비행기 예약을 서두르고, 성아를 예정보다 일찍 오도록 했다. 영어도 못하는 부모님이, 더구나 환자인 아버지를 엄마 혼자 감당하며 한국으로 가는 것은 아무래도 무리였다.

아버지의 상태는 급속도로 악화되었다. 집 안에서도 방을 못 찾아 헤매고, 화장실 가는 것도, 밥을 먹는 것도 혼자 할 수 없는 식물인간이 되었다. 심지어 당신이 그토록 귀하게 여기던 손녀가 와도 못 알아보셨다.

나는 성아가 놀랄까 봐 염려가 되었다. 그런데 성아는 생각했던 것보다 의연했다. 최소한 겉으로는……. 엄청나게 변한 할아버지의 모습을 보고 당황하긴 했지만 그런 대로 잘 받아들였다. 성아는 어린애를 달래듯 어르기도 하고, 등을 다독거리기도 하며 할아버지를 위로했다. 그러나 그날 밤 성아는 기어이 눈물을 쏟고 말았다. 나와 이층 침대를 함께 쓰던 성아의 소리 없는 흐느낌은 내 마음까지 흔들어 놓았다.

한국으로 떠나던 날, 나는 태어나서 처음으로 아버지를 등에 업었다. 당신 혼자서는 걷지도 못하니 층계를 내려올 수가 없었다. 그날 아버지의 몸은 마치 종잇장처럼 가벼웠다.

"딸이 우째서? 내사 이쁘기만 하구마는."

엄마가 나를 구박할 때면 으레 내 편에서 내 마음을 달래주시던 아버지. 형제들끼리 투닥거릴 때 "이 누무 자슥들!" 하시며 빗자루를 머리 위까지 드셨다가도 눈만 한 번 부릅뜨고는 그냥 내려놓으시던 아버지. 그 추운 제천의 겨울밤, 자전거를 타고 미끄러운 눈길을 달려가시던 모습이 아직도 눈에 선한데…….

'아버지, 조금만 더 계셔주세요. 약속대로 내가 일본말 배우는 걸 도와주세요.

아버지의 향수가 담겨 있는 오카야마와 히로시마도 같이 가세요…….'

내 마음을 아는 듯 아버지는 층계의 난간을 꽉 쥐며 내려가지 못하게 하셨다. 차마 발길이 안 떨어져 나도 그 자리에 멈춰 섰다. 눈물이 내 시야를 그대로 삼켜버렸다.

결국 아버지와 엄마, 성아를 실은 비행기는 샌프란시스코 공항을 떠나갔다.

이튿날 아버지가 한국에 도착했을 즈음 동두천의 동생네 집으로 전화를 했다.

"오야, 니 고생 마이 했제. 인자 개안타."

내 귀를 믿을 수가 없었다. 그렇게 정신이 오락가락하던 아버지가 마치 아무 일도 없던 것처럼 말씀을 하고 계셨다.

"아니, 아버지. 정말 괜찮으세요?"

"하모. 참말로 개안체. 니 공부나 잘해라."

"아버지도 몸조리 잘하셔서 다시 미국에 오셔야죠. 그래서 제 일본말도 좀 도와주시고 일본도 같이 가시고……."

"가야제. 니 공부하는 데도 같이 가야제."

그러나 그것은 아버지에 대한 하나님의 마지막 배려였는지도 모른다. 한 많은 이 세상을 떠나기 전에 짧은 순간이나마 맑은 정신으로 가족들과 마지막 작별 인사를 하도록 한.

이튿날 아버지는 상태가 더욱 악화됐고 헬리콥터로 용산의 121 미군병원으로 옮겨졌다. 병실에는 엄마와 성아만 남았다. 한밤중에 아버지는 괴로운 듯 얼굴을 찡그리며 벌떡 일어났다. 머리가 몹시 아프신 듯 두 손으로 머리를 감쌌다. 엄마가 간호사를 부르러 나간 사이 아버지는 낮에 먹은 젤리를 전부 토해냈다. 그리고 외마디 비명과 함께 성아의 품으로 쓰러졌다. 그것이 아버지의 마지막이었다. 그렇게 아버지는 당신이 사랑하던 손녀의 품에서 유랑의 삶을 마쳤다. 성아는 할아버지이자 삼총사의 대장이며 자신을 누구보다도 사랑해주던 한 사람을 잃었다.

아버지를 떠나보낸 뒤 만약 아버지가 없었다면 성아는 어떻게 되었을까 곰곰이 생각해본 적이 있다.

'반쪽 가족으로 언제나 옮겨 다니며 바쁘기만 한 엄마를 둔 성아가 지금과 같이 자랐을까?'

힘들었을 것이다. 사람은 사랑을 많이 받으면 받을수록 사랑스러운 사람이 되고, 사랑을 베풀면 베풀수록 큰 사람이 된다. 성아는 가족을 잘 챙긴다. 그 점이 미국에서 자라난 다른 아이들과 다른 부분이다. 아르바이트해서 번 돈으로 식구들에게 작은 선물을 하는 것이 성아의 가장 큰 즐거움이었다. 고무장갑, 사탕, 젤리, 연, 요요, 아이스크림……. 성아가 사오는 것들은 엉뚱하다 못해 기발한 것이지만, 그게 무엇이든 사랑이 담겨 있었다. 그것은 가족의 푸근한 사랑을 받아온 사람만이 지니는 마음의 여유 같은 것인지도 모른다. 구름 저편에 계신 아버지는 나에게뿐만 아니라 손녀에게도 귀중한 유산을 남겨주셨다.

> 할아버지, 저 할아버지가 보고 싶어서 못 살겠어요. 할아버지 한국 가시면 꼭 나으셔야 해요. 그래서 미국 다시 오셔서 할아버지께서 사랑하시던 성아가 공부 1등 하는 것을 보셔야죠. 그리고 나중에 제 결혼식에도 참석해야지요. 얼마나 멋있고 잘생긴 남편을 만났는지 보시고요. 나중에 머리를 까맣게 물들이고 가죽 바지 입고 밍크코트를 걸치고 저를 보러 오셔야 해요. 약속을 어기면 안 돼요. 저는 그날을 꼬박꼬박 기다리며…….

10여 년 전 성아가 할아버지에게 써놓고 부치지 못한 편지다. 노스캐롤라이나의 집에는 아버지가 가꾼 정원이며, 아버지가 무심히 바라보시던 용의 언덕, 성아가 할아버지에게 보낸 편지들과 사진, 그리고 아버지의 음성이 담긴 테이프들이 그 분의 빈자리를 지키고 있다.

자식을 보면
부모가 보인다

'부모는 자식의 거울'이라는 말이 괜히 나왔겠는가.
나쁜 행동이든 좋은 행동이든 다 닮게 되어 있다.
그러므로 자식 또한 부모의 거울일 수밖에 없다.

　일본에서 살 때 나는 가끔 성아를 데리고 한국을 방문했다. 미군용
비행기를 타면 일본에서 한국까지 10달러에 올 수 있기 때문에 우리
는 주로 그 비행기를 이용했다. 일본 요코타 공군 기지를 떠나서 오
산 공군 기지에 도착하면, 버스를 타고 서울의 용산 부대로 왔다.
　언제인지 확실히 기억은 나지 않지만, 성아와 내가 오산 비행장에
서 용산 가는 버스를 탔을 때의 일이다. 주말이어서 그런지 버스는

승객들로 가득했다. 백인, 흑인, 한국인으로 빈자리 없이 채워진 버스에서 성아와 나는 맨 뒷자리에 앉았다. 창가에 오붓하게 앉아 한국의 가을 정취를 즐기고 싶었지만 쉽지 않았다. 막 버스가 떠나려 할 때 누군가 밖에서 문을 두드렸다. 예순을 훨씬 넘긴 할머니 한 분이 올라왔는데 할머니는 자기 몸만큼이나 큰 보따리를 들고 있었다.

"여긴 내 자린데유."

할머니는 우리 자리에서 세 번째 앞좌석에 앉아 있던 젊은 백인 남자에게 표를 보였다.

"This is my seat(이 자리는 내 자리에요)!"

젊은 백인도 표를 할머니의 코앞에 내밀며 자기의 권리를 주장했다. 창구에서 실수로 한 자리에 두 장의 표를 판 모양이었다. 백인 남자는 전혀 자리를 양보할 기색이 없었다. 할머니는 체념한 듯 보따리를 바닥에 놓고 뒷자리 손잡이에 기대섰다. 서울까지는 거의 두 시간이 걸릴 터였고 우리 모녀는 마음이 불편했다.

버스가 흔들릴 때마다 넘어지지 않으려고 안간힘을 쓰는 왜소한 노인네의 모습을 보니 마음이 아팠다. 무엇보다 자신의 권리만을 내세우며 양보라고는 모르는 그 젊은 백인 남자가 못마땅했다. 버스가 출발한 지 몇 분이 안 되어 나는 결국 일어났다.

"실례합니다."

말을 걸자 그 젊은 남자가 '아줌마는 뭐냐'는 듯한 표정으로 쳐다

보았다.

"버스 회사에서 잘못한 건 사실이지만 그렇다고 노인을 두 시간 동안 서서 가게 한다는 것은 좀 너무하다고 생각지 않으세요?"

"내가 알게 뭐예요. 나도 피곤하단 말이에요!"

그러자 다른 자리의 사람들도 젊은 사람이 양보하는 게 좋겠다고 한마디씩 거들었다. 그러나 그는 아랑곳하지 않았다. 할머니도 자리에 대해 권리가 있으니까 두 사람이 교대로 반반씩 앉아서 가는 건 어떠냐고 최종 중재안을 내놓았지만, '알게 뭐냐'는 듯 그 젊은 군인은 묵묵부답으로 팔짱을 낀 채 눈을 감아버렸다. 부아가 치밀었지만 하는 수 없었다. 결국 내 자리를 할머니께 양보하기로 마음먹었다.

"할머니, 여기 앉으세요."

내 마음을 읽었는지 성아가 어느새 할머니의 팔을 잡아당겼다.

"아이고, 아니에요. 학생도 힘들 텐데 학생이 앉아요."

할머니는 심하게 흔들리는 버스에서 몸을 제대로 가누지 못하면서도 사양했다.

"아녜요. 저는 괜찮아요. 앉으세요."

나도 그 할머니에게 앉으라고 등을 밀었다.

"아유, 이거 미안해서 어떡하나……."

할머니는 미안한 표정으로 마지못해 자리에 앉았다.

"성아야, 엄마가 서 있을 게. 네가 앉아."

멀미 때문에 차만 타면 잠이 드는 성아가 두 시간을 서서 가는 것은 무리다 싶었다.

"에이, 엄마는 무슨 말씀을……. 엄마가 서 계신데 내가 어떻게 앉아요. 난 괜찮으니까 엄마 앉으세요."

성아가 내 등을 떠밀며 할머니가 앉은 옆자리에 앉혔다. 나는 앞에 선 딸의 등을 툭툭 두드려주었다. 여기저기서 사람들이 성아를 보며 칭찬하는 소리가 들려왔다. 성아는 멋쩍은 듯 씩 웃으며 나를 바라봤다. 버스는 이미 공군 기지를 떠나 황금 들녘을 달리고 있었다. 그제야 낯익고 정겨운 농촌 풍경과 높고 맑은 가을 하늘이 싱그럽게 느껴졌다.

성아는 그날 자신의 행동에 대해 훗날 이렇게 적었다.

…… 그날 내가 왜 그 할머니에게 자리를 양보했는지 이유를 꼭 꼬집어 말할 수는 없다. 어쩌면 우리 엄마를 무시하는 것 같았던 그 군인에 대해 화가 나서 그런지도 모른다. 또는 그냥 그 할머니가 가여워서일 수도 있으리라. 어쩌면 내 마음 한구석에 '엄마를 서 있게 할 수는 없다'는 한국식 문화 의식이 남아 있었기 때문인지도 모른다. 무슨 이유에서든 내가 그런 행동을 한 이유는 '이런 경우엔 엄마도 그리했으리라'는 인식에서다. 왜냐하면 엄마는 늘 내게 그렇게 하는 것이 옳은 일이라고 말해왔기 때문이다.

자식을 알면 그 부모가 보인다는 말이 있다. 아이들은 자라면서 많은 부분을 부모의 행동을 보며 따라한다. 그날 남에게 친절을 베푼 것은 성아였다. 하지만 내 자랑을 하자면 그것은 내가 의도적으로 가르친 결과다. '부모는 자식의 거울'이라는 말이 괜히 나왔겠는가. 나쁜 행동이든 좋은 행동이든 다 닮게 되어 있다. 그러므로 자식 또한 부모의 거울일 수밖에 없다.

외삼촌을 돌보며

시간이 흘러 막내 외삼촌이 지적장애인이라는 걸
알았을 때도 성아의 태도는 변하지 않았다.
오히려 막내 외삼촌에 대해 더 진지해졌다.

막내 동생 명규는 뱃속 나이까지 합하면 마흔넷이다. 그러나 지능은 대여섯 살 정도밖에 안 된다. 두 눈 사이가 멀고, 두상이 크고, 키도 정상인보다 한 뼘은 작다. 무엇보다 의사소통이 잘 되지 않아 우리 식구가 아닌 사람에게는 답답하기 짝이 없다.

그런 명규의 보물 1호는 바로 '요요'다. 집 안에서, 집 밖에서 심지어 비행기 안에서까지 줄을 감고 신중한 표정으로 요요를 늦추었다

당겼다 한다. 처음에는 어설펐는데 나중에는 요요를 대여섯 번은 춤추게 할 정도로 요령이 늘었다. 요요 놀리는 게 제법 박자가 맞으면 신이 나서 주위 사람들을 둘러보곤 한다.

명규에게 요요를 사준 사람은 성아였다. 교환 학생으로 한국에 나와 있을 때 집에 오면서 요요를 사들고 온 것이다. 올케는 자기 아이들이 요요를 몇 개씩 갖고 놀아도 명규가 그것을 좋아하리라고는 상상도 못했다고 한다. 아무리 지적장애인이라지만 마흔을 넘긴 시동생이 아이들 장난감을 갖고 놀겠는가 생각한 것도 무리는 아니었다.

누가 시키지 않았는데도 성아는 외삼촌을 챙기고 배려했다. 조카 영민이가 도장에서 태권도 시범을 보이는 날이었다. 영민이는 누나에게 자신의 시범 모습을 보여주고 싶어 함께 가자고 졸랐다.

"그래. 같이 갈게."

성아가 선선히 대답했다.

그때 마침 명규가 "이거 사도." 하며 망가져서 더 이상 쓸 수 없는 요요를 내밀었다.

"망가졌네. 삼촌, 이따 사줄게."

성아는 삼촌을 어린애 달래듯 토닥거렸다.

"참, 도장 갈 때 사면 되겠네. 삼촌도 같이 가자."

성아의 말에 영민이가 갑자기 울상이 되어 버럭 소리를 질렀다.

"안 돼! 삼촌은 안 돼! 창피하단 말이야."

순간 성아의 얼굴이 굳었다. 화를 참으려는 듯 애써 텔레비전만 노려보고 있다가 한참이 지나서야 본래 모습으로 돌아왔다.

"그럼 영민이는 먼저 도장에 가 있어. 누나는 삼촌 요요 사주고 나중에 갈게."

성아가 상가로 데리고 가서 요요를 사주자, 명규는 벙글거리며 "예뻐, 예뻐."를 연발했다.

"삼촌, 먼저 집에 가서 요요 가지고 놀고 있어."

성아는 한 번도 삼촌이 지적장애인이라는 사실을 부끄러워한 적이 없다. 동네 아이들과 묵찌빠를 하거나, 숨바꼭질 혹은 자신이 개발한 엉뚱한 놀이를 하면서도 삼촌을 빼놓지 않았다.

성아에 대한 명규의 태도도 각별했다. 어릴 때는 성아를 곧잘 업어주었다. 일곱 살 때 다시 한국에 나왔을 때도 살뜰하게 보살펴주었다. 연탄가스를 마신 후유증 때문인지 성아는 어릴 때 종종 아팠다. 별안간 풀썩 쓰러지기도 하고, 잘 체해서 아무 데나 토하곤 했다. 그럴 때마다 명규가 일일이 성아를 닦아주고, 오물을 치워주었다. 세 살 위의 사촌오빠들이 한 집에 살았지만, 그 정도로 살뜰하지는 않았다. 성아는 삼촌의 의리에 감동했다. 그러나 그때만 해도 성아는 명규의 상태를 확실히 알지 못했다. 그저 남들과 조금 다르다는 것만 어렴풋이 눈치챘을 정도였다.

시간이 흘러 명규가 지적장애인임을 알았을 때도 성아의 태도는 변하지 않았다. 오히려 명규에 대해 더 진지해졌다. 초등학교 3학년 때인가 텔레비전에서 헬렌 켈러의 일대기를 다룬 흑백 영화를 보았다. 그 뒤부터 성아는 명규를 가르치기 시작했다. 가끔 성아가 가르쳐준 단어들을 명규가 가족들 앞에서 써먹을 때면 성아는 "엄마, 저 말 내가 가르쳐준 거야."라고 흥분해서 자랑하곤 했다. 그러나 명규는 간단한 단어를 어눌하게 발음하는 데서 더 이상 진전이 없었다. 청각 장애가 아닌 지능 장애인 명규가 헬렌 켈러처럼 되는 건 애초부터 불가능했다. 성아는 왜 삼촌은 헬렌 켈러처럼 되지 않느냐며 명규를 보고 실망하고 좌절하고는 했다.

하지만 그게 어쩔 수 없는 일이란 걸 알고부터는 헌신적으로 보살피기 시작했다. 명규는 문구점에서 노트와 연필 사는 걸 무척 좋아했지만 혼자서는 갈 수가 없었다. 그 물건을 달라는 소리도 못할 뿐더러 셈을 치르지 못했기 때문이다. 성아는 명규를 데리고 다니며 지갑에서 동전을 꺼내 셈을 치르도록 도와주었다. 명규가 새로 산 물건들을 바라보며 기뻐하는 것을 보면 더욱 삼촌을 기쁘게 해주려고 노력했다.

나중에는 명규가 가진 문제에 대해 더 알고 싶어서 다운증후군에 걸린 사람들에 대한 책을 읽어보기도 했다. 그때 성아는 전 세계의 다운증후군 환자들이 마치 형제처럼 모두 닮았다는 사실에 충격을 받았다. 게다가 그 병에 걸린 사람들은 저항력이 약해 병에 잘 걸리고, 수명이 정상인의 절반도 안 된다는 사실에 가슴 아파했다.

150센티미터가 조금 넘는 작은 체구의 명규가 기침을 하거나 간혹 앓기라도 할 때면 성아는 예민해져서 자주 명규 방을 들락거렸다. 그때 이미 성아는 명규의 가치를 알고 있었다. 명규는 우리 가족에게 평화가 어떤 것인지를 알게 해주었다. 천사가 있다면 바로 명규의 모습일 것이다. 언제나 즐거워하고, 남을 미워하거나 해코지할 줄 모른다. 가끔 기분이 좋았다 나빴다 변덕을 부리긴 하지만, 대체로 싱글벙글이다. 몸은 어른이지만 어린아이의 영혼을 지니고 있으므로 남을 무시하거나 미워하는 나쁜 감정이 없다. 게다가 아버지, 엄마에게는 더 없는 효자다.

우리 식구들은 명규를 창피하게 생각해본 적이 단 한 번도 없다. 성아는 밥상머리에서 이것 좀 먹어봐라, 저것 좀 먹어보라고 명규에게 연신 이것저것 집어주고, 목욕할 때는 발바닥부터 닦고 그다음은 다리를 닦으라는 둥 하루 종일 명규에게 지청구하는 할머니를 보며 자랐다. 할머니, 할아버지가 명규의 불행을 얼마나 가슴 아파하는지, 그리고 또 명규를 얼마나 소중하게 여기는지를 옆에서 보아왔던 것이다.

게다가 누군가 명규를 바보 혹은 병신이라고 욕이라도 하면 집안 식구 모두 나서서 방패막이가 되었다. 광규는 동생인 명규를 놀린 사람을 가서 때려주기도 했다. 만약 성아가 삼촌이 정상인과 다르다고 조금이라도 창피해하는 기색을 보였다면 내가 그것을 그냥 보고 있지 않았을 것이다. 나는 명규뿐 아니라 그와 비슷한 처지에 있는 사람들을 차별한다거나 괄시한다면 절대로 용서하지 않겠다고 엄포를 놓았었다. 할머니, 할아버지 그리고 엄마의 태도를 보며 성아는 약자는 보호해야 한다는 것을 배웠다.

집에서 명규랑 가장 친한 사람을 들라면 단연 엄마와 성아라고 할 수 있다. 엄마가 자식에 대한 모정으로 명규를 보살핀다면, 성아는 명규를 사랑하는 마음 외에도 약한 사람을 배려하고 돌봐주어야 한다는 마음으로 대한다. 아무리 투정을 부려도 참을성 있게 달래고, 여행을 갈 때도 명규를 꼭 데리고 다니려고 한다.

"할머니와 삼촌은 세트야! 둘이 같이 있어야 돼."

가족 사이에서 늙어가는 엄마가 안쓰러워 명규를 어디 교육 기관에 보내자는 논의가 있었을 때 성아는 할머니가 돌아가실 때까지는 함께 있는 게 두 사람의 행복을 위해 바람직하다고 주장했다. 성아 말대로 엄마와 명규는 젓가락과 숟가락처럼 한시도 떨어져서는 안 되는 세트임에 분명하다. 명규와 성아 역시 요요와 요요줄처럼 서로에게 필요한 사람들이다. 사랑과 배려로 묶인.

맹자 어머니
따라잡기

성아에게 학업을 향한 성취동기를 불어넣기 위해
나는 맹자 어머니가 되었다. 아니 그 이상이 되었다.
그중 하나가 하버드대에 성아를 자주 데리고 다닌 것이다.

성아가 6학년이 되던 해 봄, 나는 노스캐롤라이나의 포트 브래그
로 발령이 났다. 13년이 넘도록 이어진 노스캐롤라이나와 우리 가족
의 인연은 그렇게 시작되었다. 5학년 한 해를 버지니아에서 보낸 성
아는 6학년과 중학교 1학년을 노스캐롤라이나에서 보냈다. 나는 그
때부터 맹자 어머니를 흉내 내기 시작했다.

"그곳에서 가장 좋은 공립학교가 어디지?"

이사 가기 전에 복덕방이나 그곳에서 오래 산 동료들에게 학군이 제일 좋은 곳이 어딘지 물었다. 그렇게 찾아간 곳이 바로 컬리지 레이크라는 마을이다. 미국도 한국과 마찬가지로 학군이 있다. 지역에 따라 갈 수 있는 학교가 정해진다.

컬리지 레이크에는 원래 호수가 있었지만 지금은 습지로 변해 나무들이 울창했다. 자연 경관이 아름다울 뿐 아니라 백인 중산층이 몰려 사는 곳이라 범죄로부터 안전한 지역에 속했다. 한마디로 전망 좋고 조용하고 평화로운 곳이다.

이사를 할 때마다 나는 꼭 주변의 조언을 구했다. 몇 군데의 복덕방을 다니는 것은 물론이고, 학교 주변을 답사해 우리가 이사 갈만한 곳을 물색했다. 2년을 컬리지 레이크에서 보낸 성아는 중학교 2학년 때 캘리포니아로 갔다. 성아가 다닌 퍼시픽 그로브 중학교도 그 주변에서는 제일 좋은 공립학교였다.

그 뒤 우리는 하버드가 있는 케임브리지 옆의 벨몬트로 이사를 갔다. 나는 벨몬트 고등학교를 선택했다. 일 년에 최소한 열 명 이상의 학생들을 아이비리그에 합격시킨 기록을 가지고 있었다. 게다가 하버드 교수 중 상당수가 자녀들을 그 학교에 보낼 정도로 평판이 좋았다. 벨몬트에 있을 때 성아는 우등생 친구들을 사귀기 시작했다. 그 친구들과 경쟁하면서 성아의 성적은 일취월장했다. 나의 맹자 어머니 흉내 내기가 효력을 거둔 것이다.

학교를 고를 때 내가 가장 중요하게 생각한 것은 첫째, 범죄로부터 안전한 환경인가, 둘째, 면학 분위기가 조성되어 있는가였다. 아이들의 인성 교육에 집안 분위기가 중요한 것처럼, 공부를 하는 데는 학교 분위기가 중요하기 때문이다.

어찌 보면 내가 극성스러워 보일 수도 있다. 하지만 미국이라고 해서 한국과 다르지 않다. 정도의 차이는 있지만 아이비리그라 불리는 명문대를 선호하고, 명문대에 가기 위해 학군과 학교를 따진다. 고등학교뿐 아니라 대학교까지도 학교의 면학 분위기를 따진다는 점에서는 한국보다 한수 위라 할 수 있다.

꼴찌를 하든 일등을 하든, 대통령이 되든 웨이트리스가 되든 "네 인생은 네가 결정하는 거야."라고 나는 늘 성아에게 말해왔다. 공부를 하든 안 하든 선택의 몫은 성아에게 있지만, 부모로서 공부할 기회는 만들어줘야 했다. 그래서 학교를 선택할 때만큼은 극성 아닌 극성을 부린 것이다.

성아에게 학업을 향한 성취동기를 불어넣어 주기 위해 나는 맹자 어머니가 되었다. 아니 맹자 어머니가 하지 않은 일 이상으로 했다. 그중 하나가 하버드대에 성아를 자주 데리고 다닌 것이다. 성아가 일본에 대해 관심이 있었으므로 일본 관련 세미나가 열리면 자주 대동했다. 그리고 아이가 보는 앞에서 꼭 질문하는 모습을 보여주었다. 질문거리를 찾으면서 강연을 들으면 훨씬 얻는 게 많기 때문이기도 했지만, 성아에게 적극적인 모습을 보여주기 위해서였다.

솔직히 말하자면 나는 질문을 그리 좋아하는 성격이 아니다. 질문을 준비하면 가슴은 큰북을 치는 것처럼 울려대고, 입술이 타들어갔다. 하지만 마지막 한 방울의 용기까지 짜내가며 손을 들었다. 다행히 성아는 많은 사람들 앞에서 질문하는 엄마를 자랑스러워했을 뿐 아니라 하버드를 서서히 동경하는 눈치였다. 그러나 한 번씩은 왜 공부를 해야 하는지에 대해 갈등도 했다.

"엄마, 내가 원하는 게 무엇인지 모르겠어요."

고2 때 성아가 심각하게 물어왔다.

"서두르지 마. 언젠가는 알게 될 거야. 그런데 말이다, 원하는 게 뭔지 알았을 때 준비가 되어 있지 않으면 원하는 걸 할 수 없잖니? 하지만 실력을 쌓아놓으면 기회가 왔을 때 원하는 걸 선택할 수 있어. 준비가 안 되어 있으면 그때부터 준비를 해야 하는데 그러면 얼마나 손해니?"

"⋯⋯."

"준비를 못해서 할 수 있는 일이 웨이트리스밖에 없다면 얼마나 불행하겠니. 나는 네가 이왕이면 선택의 기회가 많은 사람이면 좋겠다."

단돈 100달러만 달랑 들고 미국에 식모로 와서 웨이트리스 등 하

찮은 일로 내몰린 엄마의 인생을 한번 생각해보라고 나는 또 옛날이
야기 보따리를 풀었다.

"그럼 엄마가 나라면 어떡할 거 같아요?"

잠자코 듣고 있던 성아가 대안을 물었다.

"답은 네가 더 잘 알고 있을 걸. 그리고 나는 네가 아니잖니? 인생
은 대신할 수 없는 거야. 분명한 것은 너의 행복은 너의 선택에 달렸
다는 거야."

내 방에 들어올 때와는 달리 성아는 무언가 알 것 같다는 표정이
었다.

만화책으로 하는
공부

대어를 낚으려면 미끼가 중요하다.
우선 상대가 좋아하는 것을 내놓아야 한다.
성아에게 미끼는 단연 만화책이었다.

나는 일본어를 배우면서 성아에게도 가르치고 싶은 욕심이 생겼다. 곰곰이 생각한 끝에 나는 성아가 좋아하는 만화를 이용했다. 앞서 이야기했듯 성아는 만화라면 자다가도 깨는 아이였다. 나는 성아가 만화 보는 것을 한 번도 막지 않았다. 만화는 성아에게 한국어를 배우는 교과서였다. 그런 면에서 일본 만화는 성아를 미치게 만들거라 생각했다. 일본의 만화와 애니메이션은 당시에 이미 전 세계를 뒤흔들고 있는 문화상품이기도 했다.

내가 다니던 국방언어학교의 일본어과에는 일본에서 온 지 오래되지 않은 젊은 여선생님이 있었다. 그 선생님에게서 예쁘고 잘생긴 아이들이 주인공인 순정만화 몇 권과 애니메이션 비디오테이프를 빌려왔다.

그날 저녁 소파에 앉아 나는 열심히 만화책을 읽었다. 몇 권은 일부러 눈에 띄기 쉽게 탁자 위에 늘어놓았다. 성아가 자기 방에서 나와 부엌으로 가는 것 같았다. 나는 만화에 푹 빠진 척했다.

냉장고에서 우유를 꺼내 마시려던 성아는 엄마에게도 뭔가 챙겨줘야 할 것 같았는지 나를 쳐다보며 물었다.

"엄마, 뭐 마실 것 드릴까요?"

"응, 고마워. 오렌지 주스 한 잔만 갖다 줄래?"

"어? 엄마, 이거 만화잖아? 나도 좀 봐도 되요?"

성아는 냉큼 테이블에 놓인 책을 한 권 집어 들었다.

'이제 슬슬 올가미에 걸려드는구나.'

속으로 쾌재를 불렀지만 읽던 만화에서 눈을 떼지 않은 채, "그래라."라고 건성으로 대답했다.

성아는 잠깐 들춰보더니 실망한 눈치였다.

"그런데 이거 일본말이잖아요. 무슨 말을 하는지 알 수가 있어야지. 굉장히 재밌어 보이는데……. 엄마, 재미있어요?"

나는 재미있어 죽겠으니 방해하지 말라는 듯 계속 건성으로 대답했다. 성아는 호기심을 떨쳐버릴 수 없는 모양인지 만화책을 훑어보고 또 훑어보았다.

"엄마, 여기 지금 얘가 얘한테 뭐라고 하는 거예요?"

역시 사춘기 가시나였다. 긴 곱슬머리가 어깨까지 내려오는 멋진 여자아이와 짧은 곱슬머리를 한 잘생긴 남자아이가 대화하는 장면이었다.

"응, 파티에 오지 않겠느냐고 묻는데."

나는 또 내가 보던 책으로 눈길을 돌렸다. 조바심을 내며 책장을 이리저리 넘기던 성아가 또 물었다.

"여기는 뭐라는 거예요?"

"그 여자아이를 백작이 납치했다는데."

"그래서 어떻게 됐어요?"

쉽게 답을 얻으면 그만큼 금세 매력을 잃는다. 나는 성아에게 너무 쉽게 답해주지 않기로 했다.

"성아야, 나 지금 이거 빌린 거라서 서둘러 읽어야 되거든. 그냥 너 혼자 알아서 봐."

어쩔 수 없다는 듯 성아는 만화책을 한 장 한 장 넘기며 그림만 열심히 살피고 있었다. 답답한지 더러 한숨을 내쉬기도 했다. 나는 이어서 애니메이션을 틀었다. 제목은 〈카제노 타니노 나우시카(바람 계곡의 나우시카)〉였다. 오랜 세월 전 세계 사람들에게 회자되는 미야자키 하야오 감독의 작품으로 그만큼 색채와 이야기 모두 환상적인 작품이었다. 성아는 만화책을 펼쳐든 채 만화영화를 넋 놓고 보고 있었다.

"와아, 와아……. 엄마는 좋으시겠어요. 이런 거 다 알아들을 수 있어서……."

"나도 다는 못 알아들어. 그래도 그만큼 알아듣는 것만으로도 참 재미있어."

"나도 알아들을 수 있으면 참 좋을 텐데……."

성아가 내 올가미에 걸린 것을 확인할 수 있었다. 성아에게 일본어를 배우고자 하는 욕구가 생긴 것이다. 나는 드러내놓고 기뻐하지 않았다. 나는 2단계 작전으로 돌입했다. 여기서 얼마 안 떨어진 곳에 일본어 학교가 있는데, 원한다면 태워다주고 데려오는 것 정도는 해줄 수 있다고 제안했다. 성아는 바쁜데도 엄마가 그런 호의를 베풀어주는 것을 무척이나 고마워했다.

토요일 아침 일찍 성아를 태우고 일본어 학교에 갔다. 우에노 교장은 국방언어학교의 교사이기도 했다. 기초반에는 7~8세 정도의 일본 아이들이 일본어를 배우고 있었다. 그 아이들은 대부분 일본말은 할 줄 아는데 쓰기나 읽기를 못했다. 나이가 제일 많은 열세 살짜리 성아는 '아 이 우 에 오, 카 키 쿠 케 코'부터 열심히 배워나갔다.

무엇보다 성아에게 큰 도움이 된 것은 단어 찾는 법을 배운 것이다. 그날부터 성아는 틈만 나면 사전을 들고 만화책을 읽었다. 성아가 보는 만화들은 대부분 연재작이었기 때문에 다음 편을 손꼽아 기다리는 것은 물론, 용돈을 받아 만화책을 사려는 욕심으로 내 말도 아주 잘 들었다.

"학교 공부를 게을리하면 다음 편 살 돈은 생각해봐야겠다."라고 엄포를 놓으면 만화를 보고 싶은 마음에 학교 공부도 충실히 했다. 덕분에 나는 우등생 부모로 학기마다 교장 선생님의 아침 식사에 초대받는 영광을 누렸다.

"엄마, 우에노 선생님이 나보고 일본어 웅변대회에 나가보래."

일본어 학교에 다닌 지 겨우 반 년이 지났을 때 성아가 뜻밖의 말을 했다. 성아는 선생님이 자신을 뽑아줘서 기쁘기는 하지만 자신감이 없는 듯했다.

"한번 해보는 것도 나쁘진 않겠지. 떨어져도 배운 지 얼마 안 된거 다 알 테니까 창피할 것도 없고. 나 같으면 해보겠지만 자신 없으면 안 해도 돼."

자기에게 별로 기대를 하지 않는 태도에 오기가 생긴 모양이었다. 그다음 주부터 성아는 우에노 선생님이 녹음해준 '내가 일본어를 배우게 된 이유'를 시간이 날 때마다 들으며 따라 외웠다. 밥 먹을 때

나 텔레비전 볼 때, 나는 성아의 '내가 일본어를 배우게 된 이유'를 귀에 딱지가 앉을 정도로 듣게 되었다.

웅변대회는 몬트레이에서 약 한 시간가량 북쪽에 있는 산호세에서 열렸다. 대회에는 약 100명의 아이들이 참가했다. 혼혈아와 백인 아이들이 몇 있었지만 대부분 일본 아이들이었다. 일본 아이들은 일본 말로 회화를 하는 데 별로 지장이 없는 것 같았다.

성아의 차례가 되자, 발음이 정말 아름답다며 함께 간 일본 친구가 내 귀에 속삭였다. 일본 외무성의 파견으로 국방언어학교에서 러시아어를 공부하는 친구였다. 그 친구의 말에 솔깃했던 건 당시 나의 일본어 실력도 그리 좋지 못했기 때문이다. 겨우 알아듣는 데 발음의 아름다움까지는 생각도 못하고 있었다.

그날 성아는 발음상을 받았다. 비록 '내가 일본어를 배우게 된 이유'에 대해서는 10퍼센트 정도도 이해를 못하고 있었지만, 성아는 상을 받게 되자 의욕이 더욱 생기는 듯했다. 성아는 이후에도 일본 만화책이나 애니메이션을 틈이 날 때마다 보았다. 만화책 읽는 속도도 급진전했고 이해도도 나를 앞서 갔다. 서점에 같이 책을 사러 가면 어떤 것을 고를지 몰라 밀봉된 책들을 조금이라도 비집고 보려고 애달파했다. 마음이야 몽땅 사주고 싶었지만 한두 권씩 감칠맛 날 정도로만 사주었다.

성아는 그렇게 일본어를 배워 나갔지만 그걸 공부라고 생각한 적은 없었다. 놀이와 여가활동이라고 생각했기 때문에 즐거웠고, 즐거워질수록 실력이 늘었다. 어느덧 대화가 어느 정도 가능해졌다. 무의식적으로 우리 대화에 일본말이 자주 끼어들었다. 그것은 한국어, 일본어, 영어가 한 문장에 뒤섞이기 시작하는 성아와 나만의 특수한 회화체의 시작이었다.

결국 몬트레이에서 나는 강 근처에도 안 갔는데 생각지도 않은 대어를 두 마리나 낚은 셈이었다. 성아가 일본어를 배운 것과 우등생이 된 것이었다.

"얏빠리 우찌노 오까아상와 에라이(역시 우리 엄마 대단해)!"

훗날 만화책이 미끼였다는 걸 말해주자 고개를 설레설레 흔들며 성아가 한 말이다.

4장

딸과 함께
하버드대를 다니다

엄마처럼 하버드대를
꿈꾸다

성아와 나는 화장실 갈 시간조차 아꼈다.
우리는 엄마와 딸이라기보다
같이 학업에 매진하는 룸메이트였다.

나는 마흔둘의 나이에 하버드대 석사 과정에 입학했다. 하버드대에서 나는 아줌마와 싸웠다. 그 아줌마는 만만치 않았다. 하나를 알려주면 두 개를 까먹었고 엄청난 분량의 자료를 앞에 두고 넋을 놓기도 했다. 작은 일에 한 번 좌절하면 쉽게 일어나지도 못했다. 아무리 다그쳐도 금세 지쳤다. 나는 그 아줌마에게 속삭였다.

"이봐요. 미군에서 십수 년을 버티고 있다면서요? 그리고 장교라면서요? 그 자긍심은 다 어디로 갔답니까? 주변이 다 천재들이라고요? 그걸 몰랐단 말입니까? 여긴 하버드요. 세상에서 가장 머리 좋은 아이들이 모이는 곳이란 걸 알고 있었잖아요. 자, 일어나요. 그리고 다시 싸워요. 할 수 있어요. 당신은 아줌마들의 희망이에요. 또한 딸의 거울입니다. 그게 당신의 존재이유요."

요란하게 울어대는 자명종 소리에 퍼뜩 눈을 떴다. 시계바늘이 아침 5시를 가리키고 있었다. 학교에 가기 전에 읽어야 할 책들이 쌓여 있다.

'30분만 더 자자. 아침 먹는 걸 생략하지 뭐. 어차피 운동 부족으로 살이 쪄서 고민인데······.'

그 아줌마는 자기 합리화의 도사였다. 금방 눈을 감았다 싶었는데 다시 자명종의 심술궂은 소리가 나를 부른다. 전날 밤, 아니 오늘 새벽 2시가 넘도록 보겔 교수님의 '산업화하는 동아시아' 수업에 제출할 과제물을 작성하다가 잠이 들었다. 성아는 그때까지 공부하는 기척이었다. 너무 졸린 나머지 성아에게 잘 자라는 말도 없이 통나무처럼 그대로 쓰러졌다.

기지개와 하품을 동시에 하며 성아 방을 들여다보았다. 성아는 옷을 입은 채 침대에서 자고 있었다. 성아는 고등학교 1학년(한국의 중학교 3학년) 때 갑자기 공부에 열정을 보이기 시작하더니 결국 우등생 대열에 들어섰다. 스포츠나 학교 활동에도 열성을 보여 첫 해에는 여자 축구팀의 골키퍼가 되었다. 그러니 늘 파김치가 되어 있었다.

아침에 성아를 깨워야 할 때가 제일 싫었다. 거의 매일같이 아이를 강하게 키워야 한다는 생각과 안쓰럽다는 마음이 혈투를 벌였다. 나이 탓인지 내가 '착한 아이'처럼 일찍 자고 일찍 일어나는 데 비해 성아는 늦게 자고 늦게 일어났다.

학교가 아침 7시 30분에 시작하기 때문에 성아는 늦어도 6시 30분까지는 일어나야 했다. 깨울 때마다 고단에 절어 "엄마, 5분만 더." 하며 사정을 한다. 안쓰러운 마음에 5분은 10분이 되기 일쑤였다. 다시 깨울라치면 성아는 또다시 "5분만……"을 반도 안 떠진 눈으로 애원한다. 그럴 때마다 나는 못할 짓이라는 생각이 들었다. 그렇게 실랑이를 하다보면 어느 새 7시. 성아는 세수도 하는 둥 마는 둥 아침도 거른 채 서둘러 가방을 든다.

"엄마, 좀 태워다 주실 수 있어요?"

걸어서 10분도 안 걸리건만 피곤하기도 하고 또 1~2분이라도 아낄 셈으로 차로 데려다 달라고 매달린다. 버릇을 들이기 위해서는 차갑게 돌아서야 하지만 공부다 운동이다 너무도 힘겹게 분투하는 딸이 안쓰러워 나는 매번 눈만 한 번 흘기고는 자동차 열쇠를 들고 나섰다. 차가 학교에 도착하기 무섭게 성아는 내 뺨에 살짝 키스를 하고는 뒤도 돌아보지 않고 서둘러 학교 안으로 사라졌다.

서둘러야 하는 건 나도 마찬가지였다. 하버드대 부근은 주차하기가 불편해서 대체로 버스를 이용했다. 학교와 집을 오가며 잠시 휴식을 취할 수 있는 점이 버스 통학의 묘미였고 계절마다 변하는 하버드 부근 경치를 구경하는 재미도 쏠쏠했다.

"타다이마(다녀왔다)."

문에서 열쇠를 채 빼기도 전에 나는 성아 방을 향해 나의 도착을 알리곤 했다. 의자를 뒤로 물리는 소리와 함께 반가운 얼굴이 부엌 입구에 나타났다.

"오카에리나사이(다녀오셨어요)."

성아는 나를 가볍게 안아주며 가방을 받았다. 그런 과정에서 우리는 서로의 그날 기분을 가늠할 수가 있었다.

"저녁은?"

"아까 컵라면 먹었어요."

성아는 스토브에 물주전자를 올려놓고 불을 켰다. 서로 바쁘다 보니 점심은 학교에서 각자 해결하고 토요일과 일요일을 제외한 나머지 저녁식사는 거의 컵라면이었다. 성아에게 퍽 미안하다는 생각이 들었지만, 둘 다 워낙 시간에 쫓기는 몸이었다.

성아와 같이 살면서 둘 다 징그럽게 바빴던 때를 들라면 단연 벨몬트 시절이다. 나이 마흔둘에 시작한 하버드대 석사 과정은 내 시간 대부분을 다 투자해도 모자랄 지경이었다. 성아 역시 하버드를 향한 도전으로 화장실 갈 시간조차 아꼈다.

우리는 엄마와 딸이라기보다 같이 학업에 매진하는 룸메이트였다. 우리 생활에서는 학교 수업이 최우선이었다. 대청소 같은 '꼭 필요하지 않은 일'은 처음 이사 왔을 때와 이사 갈 때 외에는 엄두도 못 냈다. 빨래나 식사 준비처럼 꼭 필요한 집안일도 최대한 시간을 절약하는 방법을 강구했고, 서로의 사정을 봐서 조금 덜 급한 편이 맡아서 했다. 자식 위주의 요즘 한국 가정에선 우리 모녀의 관계가 이해가 안 될 수도 있을 것이다. 아무튼 우리는 각자의 사정을 서로에게 투명하게 공개했고, 협조를 구했다.

성아의 학교 수업은 2~3시에 끝나지만 수업 후에는 축구나 소프트볼 연습과 시합이 있어 집에 돌아올 땐 몸이 파김치가 되어 있었다. 집에 오면 바로 침대로 가서 한두 시간 정도 낮잠을 잤다. 항상 잠이 부족한 편이라 그렇게 하지 않으면 피로도 안 풀리고 머리가 멍해서 공부할 때 능률이 오르지 않았다.

잠이 깨면 혼자 컵라면 한두 개로 주린 배를 채웠다.

"이젠 컵라면이라면 신물이 나요."

벨몬트에서의 2년이 끝날 때쯤 성아는 컵라면 포화 상태를 나타냈다. 반면 나는 달랐다. 힘든 어린 시절을 겪었던 탓인지 내 입맛은 끈질기게도 컵라면을 즐기는 편이었다.

사실 2년 내내 컵라면만 먹었다면 헐벗은 위가 반란을 꾀했을 것이다. 그런 불상사를 피하기 위해 우리는 토요일마다 위로연을 열었다. 하버드 스퀘어에 있는 신라식당으로 가는 버스 안에서 우리는 입맛을 다셨다. 초밥, 돈가스, 육회비빔밥, 술을 즐기는 나를 위해 따끈한 정종 한 도쿠리, 성아를 위해 콜라 한 잔.

"드시옵소서."

성아는 마치 상궁 나인이 된 듯 두 팔로 정중하게 술을 따라주곤 했다. 앙증맞은 잔에서 더운 김이 피어올랐다. 나는 눈을 지그시 감고 서서히 목을 축였다. 맛있는 초밥이 입에서 살살 녹는다. 육회비빔밥에 걸친 참기름 냄새가 감칠맛을 도드라지게 했다. 위로연의 대미는 연두색 녹차 아이스크림이 장식했다. 그러고는 다시 일주일 동안 컵라면 신세를 졌다.

일요일 아침엔 운동 삼아 30분 정도 걸어서 집에서 3킬로미터가량 떨어진 벨몬트센터에 가곤 했다. 거기에는 우리가 좋아하는 베이글집이 있었다. 나는 카푸치노를, 성아는 핫초콜릿을 시켜서 양파크림치즈를 바른 베이글을 즐겼다. 성찬을 즐기며 우리는 시시콜콜한 이야기를 나누었다. 이야기는 아라비안나이트처럼 끝이 없었다. 그 시간이 없었다면 우리는 지친 나머지 삶의 의욕을 상실했을지도 모른다.

가능한 한 우리는 일주일에 한 번 정도는 빨래와 쇼핑을 하려고 애썼다. 그렇지 않으면 갈아입을 옷도 없고, 또 냉장고는 너무 썰렁해져서 냉장고 문을 열 때마다 우울증에 걸릴 지경이 되기 때문이다. 토요일에도 성아는 오전엔 일본어 학교, 오후에는 운동 연습으로 바빴기 때문에 빨래와 쇼핑은 주로 일요일에 해치웠다.

자동차에 일주일치 빨래를 싣고 가까운 쇼핑센터로 갔다. 세탁기가 돌아가는 동안 그 옆에 있는 가게로 가서 음료수와 과일 등 이것저것 필요한 것들을 주워 담았다. 빨래를 건조기에 옮긴 다음에는 부근에 있는 한국 식품점에 들려 반찬들과 김치 그리고 내가 좋아하는 찹쌀떡과 성아가 좋아하는 과자를 잔뜩 샀다. 가게에서 나오기 무섭게 우리는 서로 좋아하는 것들을 한입 가득 우물거리며 즐겼다. 당시 우리는 아주 작고 사소한 것으로도 만족하며 행복해했다.

빨래를 갤 때도 이야기가 빠지지 않았다. 성아는 자기네 학교 선생님이나 학생들 그리고 수업이나 스포츠 등의 이야기를 부담 없이 털어놓았다.

"엄마, 내일 우리 생물반에서 야외 학습 가는데 부모님 승낙서에 엄마 사인 받아 가야 돼요."

"우리 학교 연극반이 금요일 저녁 학교 강당에서 연극 발표회를 하는데 엄마 같이 안 가실래요? 주인공 남자애가 참 잘생겼거든."

"우리 소프트볼 팀의 포수는 베트남에서 온 애인데 이름은 래미라고 하거든요. 걔 정말 대단해요. 어떤 미국 스폰서가 걔 때문에 걔네

가족들을 전부 베트남에서 미국으로 데려왔거든요. 장녀인 데다가 부모님들은 영어를 전혀 못 하셔서 그 애가 집안의 기둥이나 마찬가지래요. 나보다 한 살 어린데도 참 대단해요."

"우리 학교에 애나라는 한국애가 있는데 참 귀엽게 생겼어요. 한국어는 썩 잘하진 못해도……. 아무튼 내가 월요일부터 일주일에 한두 시간씩 가르쳐주기로 했어요. 걔가 배운다니까 알바니아계 여자애도 같이 배우겠다나."

"참, 엄마, 내가 일본어 학교에서 만난 잘생긴 일본 남자애 있잖아요. 글쎄 걔가 우리 학교에 다니는 거 있죠. 어제 고급 역사반에 갔는데 같은 반이더라고요. 갑자기 가슴이 두근거려서 혼났네. 이름이 데스오라는데 아무튼 그 애가 같은 반이라서 이제부터 역사 시간이 더 좋아질 것 같아."

"이번 학기말 시험만 잘 보면 내 평점이 우리 학년 중에 일등일 수도 있어요. 사회과학 수업의 학기말 논문을 잘 써야 되는데 준비할 시간이 부족해서 걱정이에요."

마치 주말 연속극을 보듯 나는 성아와 보낼 시간을 기다리곤 했다. 나도 나름대로 성아에게 하버드대에서의 일들을 전해주었다. 국제관계 세미나에서 토론했던 한미 관계에 대해서나 하버드대에서 만나본 세계적인 인물에 대해서 말해주기도 했다. 성아는 흥미진진한 얼굴로 내 얘기를 들었다. 그 시기에 성아는 하버드대를 꿈꾸는 주변 경쟁자들에게 지지 않으려고 옆에서 보기에도 안쓰러울 정도로 엄청난 노력을 기울이고 있었다.

운동이나 훈련 등에서 힘든 트레이닝 과정을 같이 겪으면 동지애가 생긴다. 그때 우리는 일종의 동지애로 뭉쳤다. 또한 우리는 경쟁자이기도 했다. '엄마가 아직 공부하고 있는데……', '성아가 아직 안 자는데……'라며 서로 공부에 박차를 가했다. 덕분에 그 힘든 시절을 행복하게 보낼 수 있었다.

경험이
자산이다

정규 교육 과정을 16년 만에 마치는 것만이
최선은 아니다. 나는 성아가 다양한 경험을 통해
더 많은 것을 보고, 느끼고, 배우기를 원했다

나는 실제로 보고 듣는 산교육의 가치를 믿는다. 그래서 직업상 여러 나라를 돌아다닐 때마다 성아를 데리고 다녔다. 그러나 한계가 있었다. 특히 고등학교에 다닐 때는 그럴 시간적 여유가 없었다. 고민이 됐다.

초등학교에 입학해서 16년 만에 대학을 졸업하는 것만이 최선일까. 중요한 것은 기회가 있을 때 다양한 경험을 하는 것이다. 특히 언어를 습득할 기회는 생각보다 그리 많지 않다. 국제화시대에 외국어는 가장 중요한 경쟁력 중의 하나다. 나는 성아가 다양한 언어를 습득하길 바랐다. 언어를 습득하기 위해 가장 좋은 방법은 누구나 알듯 현지에서 생활하는 것이다.

"성아야. 일본에 가서 한 1년 일본 고등학교에 다니면 어떻겠니?"

벨몬트를 떠나기 반 년 전쯤에 저녁을 먹으면서 성아에게 물었다.

"정말? 우와! 그러면 참 좋을 텐데……."

성아 역시 나와 같은 생각이어서 1~2년 졸업이 늦어지는 것에 그리 구애받지 않았다. 더욱이 일본 만화를 자주 보며 일본에 대한 호기심을 키워온 터였다. 그날부터 나는 성아가 일본에서 다닐 고등학교를 물색하기 시작했다. 미국과 일본 양쪽으로 연락해보았지만 여의치 않았다. 교환 학생으로 가려면 최소한 1년 전에 수속을 시작했어야 했다.

"재스민을 한 1년간 일본 학교에 보내고 싶은데 이렇게 힘든 줄 몰랐어요."

당시 나는 하버드대학교 에즈라 보겔 교수의 조교로 있었는데 조교 모임에 참석한 그에게 조언을 구할 겸 말을 꺼냈다. 보겔 교수는 일본사회학 교수로 일본에 상당한 영향력이 있었다.

"우리 아들이 졸업한 고등학교가 있는데 원하면 내가 추천장을 써 줄 수 있지."

귀가 번쩍 뜨이는 제안이었다.

"어렵지 않다면 부탁드리고 싶은데요."

보겔 교수의 추천장은 일본 학교의 닫혔던 문을 여는 마법의 열쇠 같았다. 도쿄에 있는 게이메이가쿠엔이라는 학교에서 입학 허가가 나왔다. 성아는 입학금도 면제받고 교복도 무료로 빌려 입는 등 기대 이상의 혜택을 받으며 학교 기숙사에서 생활할 수 있게 되었다.

"일본에 가게 되어서 정말 잘됐어. 넌 네가 얼마나 행운아인지 알지?"

"잘 알고 있어요. 엄마, 고마워요."

은근히 성아에게 엄마 덕이라고 자랑을 했다.

이럴 때 보면 나도 자녀 교육에 극성을 떠는 엄마라고 할 수 있을 것이다. 하지만 아이를 위해 노력도 안 해보고 포기할 수는 없지 않은가. 물론 마지막 선택은 언제나 성아의 몫이다. 그렇기 때문에 성아는 항상 나에게 고마워하고, 또 고마워하는 만큼 최선을 다하려고 했다.

게이메이가쿠엔에 다니면서 성아는 특유의 친화력으로 금세 친구들을 사귀었다. 그중에서도 유독 기억에 남는 여자아이가 있다. 미국에서 이곳으로 연수와 있는 조지타운대학교 1학년 아이였다. 그아이는 키가 180센티미터에 모델처럼 날씬해서 퍽 인기가 있었다. 둘은 같은 기숙사에서 생활하며 모국어인 영어로 낯선 일본 생활의 답답함을 삭이곤 했다. 미국이 그리울 때는 성아와 함께 일본 속 작은 미국인 우리 집으로 왔다. 교복을 벗어버리고 다시 미국 아이들이 되어 피자집에도 가고 극장에도 가고 PX에도 가고……. 한껏 미국 문화를 들이킨 후 월요일엔 다시 학교로 돌아갔다.

한번은 내가 둘을 데리고 부대 안 클럽에서 저녁을 사줬다. 낯익은 음식들로 그동안 굶주린 배를 채운 뒤 하얀 생크림이 먹음직스럽게 덮인 초콜릿 케이크를 시켰다. 일본 학교가 지겨워서 '작은 미국'을 찾아왔지만 화제는 역시 그 일본 학교였다.

"얘, 난 뭐가 제일 속상한지 아니? 학교 선생님이나 아이들이 나를 마치 무슨 금발머리 바보처럼 취급할 때야."

"어머, 난 사람들이 네가 멋있는 백인 여자라고 괜히 아부 떠는 것 같아서 비위 상할 때가 많았는데. 같은 미국 사람인데도 너는 무조건 떠받드는 것 같아서 질투 날 때도 있었고. 난 오히려 네가 그런 걸 즐기는 줄 알았지."

"난 오히려 그 사람들이 너한테 하는 걸 보고 질투를 느꼈어, 얘."

"나한테 하는 걸 보고?"

"그래. 그 사람들이 너는 무조건 똑똑하다고 믿고 있잖아. 너한테는 자기네 중 한 사람처럼 대하고 일어도 수준 높은 문장을 가르치려 하지만, 나한테는 쉬운 말 외에는 기대도 안 하잖아. 내가 아주 쉬운 말을 했는데도 '참 잘했어요. 정말 훌륭해요' 하면서 손뼉을 치고 말야. 좌우지간 너무 기분 나빠!"

입을 삐죽이면서 일본 사람들 흉내 내는 모습이 너무 우스워서 나는 입에 든 커피를 쏟을 뻔했다. 두 아이가 너무 큰소리로 떠드는 바람에 좀 조용조용 말하라고 몇 번이나 주의를 주었지만, 그들의 흥분을 가라앉히기에는 역부족이었다.

"와, 나는 전혀 반대로 생각했는데. 난 내가 동양인이라는 이유로 일본 사람들이 나에게 일본어를 강요하는 것 같아 화가 났거든. 어려운 말을 잘 못할 때도 '그런 것도 못하니? 바보처럼' 하는 것 같아서 얼마나 화가 났는데. 나나 너나 다 같은 미국 사람인데 너한테는 그저 아부만 떨고 내 앞에서는 당당한 것처럼 큰소리를 치고. 너한테는 영어로 말하면서 나한테는 꼭 일어만 하고. 잘 못 알아들을 때는 짜증도 나고 부아가 치밀더라고……."

두 아이 다 자신들이 받은 '대우'에 대해 부당하다고 성토하고 있었다.

미국에서 나서 미국에서 자란 두 아이들이 같은 일본 고등학교에서 겪는 갈등이 너무도 대조적이라 신기하다는 생각도 들었다. 미국 내에서 안 받던 차별을 외국에 나가서 받게 되는 현상은 나 역시 종종 겪은 일이다. 재미있는 것은 대우를 받는다고 생각했던 백인 여자아이는 그 '대우'를 우리가 생각한 것과는 전혀 다르게 '굴욕'과 '무시'로 받아들인다는 것이었다.

나중에 성아와 단둘이 되었을 때 나는 그 아이의 말에도 일리가 있다고 말해주었다.

"궁극적으로는 네가 그 친구보다 더 행운아라고 할 수 있어. 한국 속담에 '미운 아이 떡 하나 더 준다'는 말이 있거든. 본뜻은 내가 생각하는 것과 다르긴 해도 일본 사람들이 너를 무시해서든 어쨌든 너한테 떡 하나 더 주는 결과가 나왔잖아."

"……?"

"너나 그 아이나 이 학교에서 일어도 배우고 또 일본 사람과 문화에 대해 배우러 왔잖아. 결국 그 애는 쉬운 일어밖에 못 배우고 돌아가게 될 거 아냐. 그런데 너한테는 일본 사람들과 같은 수준을 기대하고 강요하니까 실력이 늘 수 있는 여지가 많잖아. 진짜 경쟁은 나중에 있어. 그때 너는 훨씬 유리한 위치에 서게 될 거야. 일본어나 일본에 관한 한!"

일본 학교에서 성아는 일본 여자아이들에 대해 많은 실망을 느낀 것 같았다.

"엄마, 우리 학교 여자애들 말예요. 참 한심하다는 생각이 들어요. 공부보다 남자애들한테 더 신경을 쓰는 것 같아. 뭘 배우는 것도 자기를 위해서보다는 남자애들한테 잘 보이기 위해서인 것 같아요. 으, 답답해. '호호호호' 해가면서 애교 떠는 거 보면 '쟤는 자존심도 없나?' 싶을 때가 많아."

"여자라고 다 같을 수는 없지. 그리고 그건 일본애들 뿐만이 아니야. 세계 어느 나라든지 마찬가지야."

"그래도 지금까지 시집 가기 위해 학교 다닌다는 아이는 못 봤어요. 나름대로 꿈도 있고 야망도 있잖아요. 그런데 일본 여자애들은, 내가 '넌 나중에 뭐가 되고 싶니?' 하면 뭐라는지 아세요?"

"……?"

"오히려 나보고 그게 무슨 말이냐고 되물어요. '난 시집만 잘 가면 돼.' 그러더라고요. 어이가 없어서."

나는 흥분한 성아 앞에서 웃음을 깨물었다.

"그래도 얼마나 다행이냐?"

"……?"

"아무튼 누군가는 집에서 남편 뒷바라지하고 아이들 키워야지. 또 네가 사회에 나갈 때 그만큼 경쟁 상대가 줄어드니까 너한테도 이익이고."

"그런가?"

"너와 생각이 다르다고 해서 그 아이들이 틀렸다고 생각하는 건 오산이야. 인간이 다 똑같으면 이 세상이 얼마나 재미없겠니. 또 인간은 행복을 얻는 방법이 다 다르잖아. 각자가 추구하는 행복의 의미도 다르고."

"엄마 말이 맞는 것 같긴 해. 그런데 이해는 하면서도 그 애들 생각만 하면, 으!"

 겉으로 보이는 것만 가지고 모든 걸 판단할 수는 없는 일이다. 부당한 대우를 받는다고 생각한 게 사실은 자신에게 이익이 될 수도 있다는 것을 성아가 깨닫길 원했다. 그리고 자신이 한심하다고 생각하는 아이들을 통해서 '의미 있는 삶'에 대해 깊이 생각하길 바랐다. 다행히 성아는 자신의 판단이 무조건 옳지 않다는 것에 대해 고민하기 시작했다. 세상은 각각 문화나 사회적 통념이 달랐고, 그 속에 속한 사람들의 생각도 천차만별이었다. 성아는 다양한 경험을 통해 그러한 지혜를 쌓을 수 있었다.

학생회장이
되는 것보다

떨어지는 연습보다 더 중요한 것이 있다.
바로 떨어지기 위해 용기를 내는 일이다.
사람은 이 과정에서 성취를 이룬다.

게이메이가쿠엔에서 1년을 공부한 성아는 자마고등학교 2학년으로 편입했다. 이 학교는 내가 근무하던 자마 부대 내 공립 고등학교로 그동안 학교와는 분위기가 사뭇 달랐다. 다른 학교는 대부분의 학생들이 주로 그 지역에서 오랫동안 살아온 토박이들이었다. 성아는 늘 그런 곳의 전학생으로 와서 익숙해질 때까지 소외감을 피할 수 없었다.

자마고등학교는 미군이나 미군속들의 자녀를 위한 학교로 대부분이 전학 온 아이들이고, 또 그들 중 많은 학생이 졸업 전에 다른 학교로 전학을 가기도 했다. 성아는 금세 마음에 맞는 친구는 물론, 좋아하는 남자아이까지 생겼다. 학교 활동에도 적극적으로 참여하기 시작해서, 미래의 미국 비즈니스 지도자(FBLA : Future Business Leader of America)라는 조직에도 들어갔다.

"하하, 참 기가 막혀서. 엄마, 친구들이 나보고 FBLA 회장으로 출마해보라는 거 있죠."

일요일 아침 일찍 학교 트랙에서 조깅을 마친 뒤 그늘에서 땀을 식히고 있는데 성아가 특유의 너털웃음을 터뜨리며 말을 꺼냈다. 전학온 지 얼마 되지도 않았는데 그런 자리에 출마해보라는 것이 어처구니없다는 표정이었다.

"그래? 그래서 넌 뭐라고 했니?"

"뭘 뭐라고 해요. 안 한다고 했죠."

"……."

"출마 같은 건 자신도 없고 또 창피해. 사람들 앞에서 연설한다는 게."

"내가 너라면 한번 해볼 거야."

"엄마는 원래 용감하잖아요."

"무슨 소리! 엄마도 처음엔 너무 떨려서 고개도 제대로 못 돌리고,

목이 말라도 물잔을 들 여유조차 없었어. 그런데 자꾸 하다 보니까 점점 용기도 생기고 또 요령도 생기더라고. 처음에 못 하겠다고 포기했더라면 아마 지금까지 한 번도 못 해봤겠지."

"난 엄마도 떨렸다는 게 믿어지지가 않는데."

"아마 대통령도 떨릴 걸. 중요한 건 보는 사람들이 네가 떠는 걸 모르게 하라는 거지."

마음은 동하지만 망설이는 표정이 역력했다.

"그래도 난 자신이 없어. 떨어지면 너무 창피하잖아."

"그 아이들이 네 인생을 바꿀 만큼 중요하니?

"아니, 그런 건 아니야."

"넌 대통령이 아니잖아. 설령 네가 연설하다 실수한다 해도 큰일이 일어나지 않아. 네가 한 실수는 시간이 지나면 아무도 기억하지 못할 걸."

성아는 심각하게 고민하기 시작했다. 나는 당선될 욕심만으로 출마하니까 떨리는 거지 떨어질 각오로 출마하면 그리 겁날 것도 없다는 걸 강조했다. 나는 마지막 포석을 깔았다.

"이번에 출마해서 떨어진다 해도 나중에 다 좋은 경험으로 남을 거라고 생각해. 그리고 만에 하나 당선된다면 더 좋은 경험을 하겠지."

"……."

"학교는 운동장이나 마찬가지야. 세상에 나가기 전 학문을 배우는 것 외에도 자신이 어떤 사람인지 이것저것 시험해보기도 하는. 사회에 나가면 그런 대로 괜찮은 꿈을 가진 사람들에겐 경쟁이 너무 치열해. 낙오의 경험이 전혀 없는 상태에서 사회에 나갔다가 경쟁에서 낙오하면 다시 일어서기가 무척 어려울 수도 있어. 하지만 미리 그런 연습을 많이 해둔 사람은 회복이 빨라서 다시 경쟁할 용기를 찾을 수 있지 않을까?"

"그럼 한번 나가볼까?"

"떨어질 각오로! 떨어지는 경험을 쌓기 위해서 출마한다고 생각하고 나가 봐."

성아는 이미 마음을 굳힌 표정이었다.

"그럼 해봐야겠네. 그런데 절대로 기대는 하지 마세요."

떨어지기 위해 출마했지만 성아는 당당히 당선되었다. 그리고 3학년 때도 FBLA의 회장을 역임했다. 나중에는 전교 학생회장에도 출마했다. 비록 떨어지는 경험은 한 번도 못했지만 학생회 활동을 하면서 다양한 일을 경험할 수 있었다.

떨어지는 연습도 중요하고, 떨어지기 위해 용기를 내는 건 더욱 중요한 일이었다. 사람이란 그 과정에서 성취를 이룬다. 도전해보지도 않고 가만히 앉아서 걱정만 앞세우는 사람은 결국 발전이 없다. 성공한 사람 중 실패를 겪어 보지 않은 사람이 단 한 명도 없다는 것을 잊어서는 안 된다.

남성야구팀에
들어가다

성아는 자존심과 오기로 훈련에 매달렸다.
남자아이들의 불만이 더저 나올수록
성아의 오기도 하늘을 찌를듯이 높아만 갔다.

자마고등학교로 전학을 온 지 일주일쯤 지난 저녁이었다. 성아는 내가 옷을 갈아입는 사이 미리 준비해놓은 저녁을 상 위에 올려놓았다. 스팸이 든 김치찌개 냄새가 내 입맛을 돋우었다. 내가 밥을 먹는 동안 성아는 그날 학교에서 있었던 일들을 시시콜콜 보고했다. 저녁 식사가 끝나갈 무렵 성아는 갑자기 심각한 얼굴이 되어 말했다.

"엄마, 그런데 걱정이 하나 있어요."

"뭐가?"

"우리 학교에는 소프트볼팀이 없는 거 있죠. 계속해서 소프트볼을 했으면 좋겠는데……."

"뭐 다른 종목은 없어?"

"공부할 게 많은데 이제 와서 또 다른 운동을 시작하기도 그렇고…….."

결론은 하나였다. 나는 성아에게 직접 소프트볼팀을 만들어보는 건 어떻겠냐고 제안했다. 내 제안에 성아의 두 눈에 초롱불이 켜졌다. 한동안 성아는 소프트볼팀 구성의 이모저모를 신이 나서 내게 알려주었다. 호응이 좋았던 것이다. 그러나 얼마 뒤 계획을 접을 수밖에 없다는 성아의 맥 빠진 보고를 받았다. 학교 예산 부족이 그 이유였다. 또 다른 문제는 바쁘기는 다른 아이들도 마찬가지라 팀을 만드는 데 성아만큼 적극적으로 나서는 애가 없다는 것이었다.

"그래도 나름대로 좋은 경험을 한 것 같아요."

다행히 성아는 좌절할 틈도 없이 곧 다른 일로 분주해졌다. 소프트볼 사건이 내 머리에서 잊힐 때쯤 성아가 야구팀에 들어가겠다고 선언을 했다.

"그래? 그런데 너희 학교에 여자 야구팀이 있는 줄은 몰랐는데?"

의아해하는 내 얼굴을 보자 성아가 짓궂은 얼굴로 웃었다.

"물론 없죠."

"또 새로 만드는 거니? 학교 예산이 없다면서?"

"엄마는 참. 그 흔한 여자 소프트볼팀도 안 되는데 어떻게 여자 야구팀을 만들어요."

"설마 남자들 야구팀에 들어가는 건 아니겠지! 너희 학교 야구팀엔 여자도 있니?"

야구의 나라 미국에서도 여자 야구선수는 극히 드물었기 때문에 묻지 않을 수 없었다.

"물론 없지요."

"그럼?"

"내가 처음이 되는 거지!"

남성들만의 영역에 들어가는 게 얼마나 힘든지 잘 아는 나는 성아가 어떻게 야구팀에 들어가게 되었는지 궁금했다. 그것은 영어와 역사를 담당하는 퍼들 선생님 덕이었다. 그는 성아를 처음 보는 순간부터 많은 기대를 걸었다. 그 이유는 엉뚱하게도 전에 이 학교에서 공부를 제일 잘했던 제이미 다나카라는 학생과 닮았다는 이유에서였다.

"재스민이 제이미만큼 우등생일까?"

두 아이를 노골적으로 비교하는 퍼들 선생님의 발언은 성아의 오기에 기름을 끼얹었다.

'제이민지 누군지 어디 두고 보자!'

성아는 잔뜩 벼르고 있었다. 그런데 며칠 전 성아가 퍼들 선생님과 면담하는 과정에서 소프트볼팀이 없어서 속상하다고 하니까, 남자 야구팀에 도전해보라고 권했다는 것이다.

"밤에 자려고 누웠는데 갑자기 머릿속에 떠오르는 거 있죠. '그것도 새로운 영역을 개척하는 거니까 재미있겠는데' 하고요. 더구나 바로 퍼들 선생님이 야구팀 헤드코치니까 어쩌면 가능성이 있을지도 모른다는 생각이 들더라고요. 그 선생님은 내가 하고자 하는 건 뭐든지 믿고 밀어주시는 편이잖아요."

나는 아무 말도 하지 않고 다음 말을 기다렸다.

"그래도 너무 엉뚱한 것 같아서 조마조마하면서 얘기를 했더니 '좋지' 하고 한 번에 허락을 하시더라고요. 너무 쉽게 허락을 해서 의아하기도 하고 또 허무하기도 하고……."

나는 염려스러웠다. 자존심이 강한 성아가 최선을 다하리라는 것은 자명했다. 그러나 그것 때문에 더 큰 상처를 받을까 걱정됐다. 벨몬트에서 육상선수를 할 때는 너무 무리해서 훈련하는 바람에 정작 시합에는 나가보지도 못하고 벤치에서 목발을 짚고 구경하는 신세가 된 적도 있었다.

성아는 자존심과 오기로 훈련에 매달렸다. 남자 선수들은 여자가 자기네 팀에 끼는 것을 달가워하지 않았다. 당당한 사내로서의 이미지가 구겨져 다른 팀들의 웃음거리가 될 거라는 이유에서였다. 그러나 남자아이들의 불만이 터져 나올수록 성아의 오기도 하늘을 찌를 듯이 높아만 갔다.

훈련이 힘들어 하루에도 열두 번씩이나 그만두고 싶었다고 한다. 그럴 때마다 성아는 결심을 다졌다. "여자는 별 수 없어."라는 말을 듣기는 죽기보다 싫었기 때문이다. 결국 훈련은 성공적으로 끝났다. 성아는 야구팀에서 세 번째로 우수한 타자가 되었고, 1루수 또는 3루수로 포지션을 배정받았다. 남자아이들도 이를 악물고 고투할 때 옆에서 한마디 불평도 없이 의지를 불사르자 그들은 성아를 멤버로 받아들였다. 학교에서 지나칠 때도 한솥밥을 먹는 식구로 반갑게 맞아주었다.

그러나 성아는 또 한 번 부상을 입었다. 상대편 타자가 친 공을 잡으러 뛰어가다가 미끄러져 심하게 발을 삔 것이다. 발목은 눈에 띌 정도로 순식간에 부어올랐고, 발을 땅에 디딜 수 없을 정도로 통증이 심했다.

"재스민, 괜찮아?"

"응, 괜찮아."

동료 선수가 동지애를 발휘해서 성아를 등에 업고 부대 병원으로 달려갔다. 의사는 최소한 2주일은 운동을 삼갈 것을 명했다. 성아는 또 한 번 목발 신세가 되었다. 속이 상했지만 어쩔 도리가 없었다. 한동안 같이 훈련을 받거나 시합에 직접 참가하지는 못해도 목발을 짚고 출석했고 동료 선수들의 응원에 열을 올렸다. 그리고 2주가 다 되기 무섭게 목발을 집어던졌다.

"그런데 엄마, 남자애들이 달리 보이는 것 있죠. 같이 훈련을 받으면서 생각지도 못한 걸 발견했어요."

어느 날 저녁 식사를 하면서 성아가 말했다.

"왜? 야구팀에 좋아하는 애라도 생겼냐?"

싱거운 대꾸에 성아는 눈을 흘겼다.

"아니, 그런 것 말고. 같이 야구를 하는 동안 남자아이들에 대한 존경심 같은 게 생기더라고요."

"존경심?"

뜻밖의 말이었다. 여태껏 어떤 아이가 마음에 들고, 어떤 아이는 정말 싫고 하는 말들은 들었어도 남자아이들을 존경하게 되었다는 말은 처음이었다.

"처음엔 사실 '어디 두고 보자. 너희가 잘났으면 얼마나 잘났냐. 내가 아주 코를 납작하게 해줘야지!' 하는 마음으로 시작했거든. 그런데 그 훈련이라는 게 정말 장난이 아니에요. 여자애들과 하는 운동은 훈련하다 좀 힘들다고 불평하면 코치가 금방 쉬게 해주었거든. 그런데 남자애들 훈련 때는 쉬게 하기는커녕 못 따라오겠으면 그만두라는 거 있죠. 정말 다들 숨이 끊어질 때까지 뛰고 또 뛰니까 옆에서 같이 죽어가면서도 '정말 멋지다.'라는 생각이 들더라고요. 하긴 남자들은 어릴 때부터 그런 식으로 훈련을 시켜서 사회에 내보내니 웬만한 여자들은 도무지 상대가 안 되지."

'어쭈!' 하면서도 나는 성아의 발견이 반가웠다.

"물론 사회 구조가 평등해야 한다는 것도 사실이지만 거기에 못지 않게 자녀 교육 과정도 확 뜯어 고쳐야 돼. 누구는 강자로 키우고 누구는 약자로 키워놓고서는 일은 동등하게 하라고 하니 너무 불공평하잖아요. 도무지 경쟁이 되어야 말이지."

흠, 지금 생각해도 당시 성아의 깨달음은 백 번 옳은 말이었다.

심야의
5분 데이트

늦은 밤 학교에서 집까지 5분.
그 5분 동안 우리는 오늘 하루 일어난 일을
서로 풀어놓느라 정신이 없었다.

"엄마, 나 오늘 좀 늦을 거예요. 이번 주말까지 학교 신문을 발간
해야 하는데 아직 할 일이 많거든요."

정신없이 일에 몰두하고 있는데 성아에게서 전화가 왔다. 또 피자
사들고 학교로 오라는 일종의 호출이었다. 시계를 보니 밤 8시였다.
성아는 종종 밤늦도록 도서관에 혼자 남아 학교 신문을 편집했다.

"선생님이나 다른 학생들도 같이 있니?"

부대 안의 학교였고 부근에 관사가 한두 채 있어 아주 외진 곳은 아니지만, 군인들 역시 고등학교를 갓 졸업한 어린 청년들이 많았다. 그전에 한두 건의 사건도 있었기에 다 큰 처녀가 늦은 밤 혼자 학교에 남아 있다는 것이 마음에 걸렸다.

"선생님은 지금 막 다들 가셨어요. 선생님도 그만하고 집에 가라고는 했지만 일이 늦어지면 이번 주말까지 발행이 어려워질 수도 있어서……."

제법 편집장 같은 소리를 했다. 학교에 혼자 남아 굳이 일을 끝내려는 성아가 조금은 미련하게 여겨졌다. 또 엄마가 걱정한다는 것을 알면서도 자기 고집을 피우는 게 조금은 얄밉기도 했다.

"좌우지간 넌 알아줘야 돼. 무섭지도 않냐? 그렇게 귀신 무서워하는 녀석이 어떻게 지금까지 혼자 있니? 보나마나 저녁도 아직이지?"

"헤헤, 아까부터 뱃속에서 쪼로록거리고 난리야."

"나도 아직 안 먹었으니까 가는 길에 피자 사 가지고 갈게."

"와, 신난다! 우리 엄마가 최고야!"

하던 일거리들을 주섬주섬 가방에 챙겨 담아 밖으로 나왔다. 깜깜한 밤하늘엔 별이 총총했다. 피자를 사들고 학교에 도착하니 도서관을 제외한 다른 건물들은 모두 불이 꺼져 있었다. 밖에서 훤히 들여다보이는 도서관엔 사람이라고는 그림자도 안 보였다. 걱정 반 짜증 반으로 거칠게 발걸음을 뗐다. 그러자 문득 우리 부모님이 떠올랐다.

'너는 성아보다 너댓살 위였지만 혼자 미국에 가겠다고 고집을 부려 부모님 속을 얼마나 썩였니? 만약 성아가 너처럼 그렇게 혼자 외국에 간다고 했다면 보내줬겠니? 그런 걸 보면 넌 부모님보다 훨씬 뒤떨어졌어. 그렇게 마음이 약해서……. 공연한 걱정으로 아이의 앞길을 막으면 안 된다고. 11살 때 교통사고 났을 때의 성아를 생각해 봐. 너는 엄마로서도 부모님보다 훨씬 모자라고, 또 자식으로서도 성아보단 훨씬 모자란다고. 아이를 제 역량대로 크게 키우려면 엄마인 너부터 좀 대범해져야 돼!'

마음을 다진 후 도서관 뒷문으로 가서 문을 두드렸다. 칸막이 뒤에서 성아의 피곤한 얼굴이 나타났다. 문밖에 피자를 들고 서 있는 나를 보자 산타클로스라도 본 듯 반갑게 웃었다.

"고멘나사이, 까아상(죄송해요, 엄마)."

조금은 겁이 났던 모양이다. 문을 열어주는 성아의 얼굴에 안도의 빛이 퍼졌다. 무척 배가 고팠던지 성아는 피자를 허겁지겁 먹었다.

'그래. 좀 더 대범해져야 돼. 우리 성아가 자기 역량을 마음껏 펼칠 수 있도록 밀어줄 수 있는 엄마가 되어야 해!'

성아는 내가 와서 든든한지 12시가 넘어도 하던 일을 접을 생각을 안 했다. 나 역시 가지고 간 노트북을 펼치고 일에 몰두했다. 시간은 금세 갔다. 함께 일을 마치고 나왔을 때는 가로등 몇 개만 빼고는 모든 불이 다 꺼져 사방이 칠흑같이 어두웠다. 집까지 5분, 그 5분 동안 우리는 오늘 하루 일어난 일을 서로 풀어놓느라 정신이 없었다.

이상하게도 성아와 함께 일을 하면 일의 내용은 기억나지 않는다. 그저 그렇게 짧은 시간 나누었던 잡담만 기억난다. 성아도 그럴까? 집에 도착해 현관문을 열 때마다 나는 그 5분을 위해 피자를 사고, 일을 하고…… 마치 하루를 다 보낸 느낌이 들곤 했다.

나는
미국을 보았다

성아는 내 옆에서 잠자코 나를 지켜보고 있었다.
나는 창피함도 잊은 채 주먹으로 눈물을 훔쳤다.
엄마를 그리도 잘 알아주는 딸이 너무나 고마웠다.

"엄마, 오늘 참 신나는 일이 있었어요."

퇴근해 문을 열고 들어서기가 무섭게 성아의 들뜬 목소리가 내 피로함을 날려버렸다.

"그래? 무슨 일인데?"

"오늘 고급영어반에서 지난주에 써낸 작문을 돌려받았는데 내가 A＋ 받은 거 있죠. 그리고 끝에 선생님이 짧게 평을 해주셨는데 내

글에 굉장히 감동받았대요. 그래서 다른 선생님들께도 보여주며 자랑을 했대나. 다른 선생님들도 감동하더래요. 그리고 나보고 글 쓰는 소질이 있다면서 잘 키우길 바란대요."

성아는 상기된 얼굴로 생글거리며 그날 일을 털어놓았다.

"야, 우리 성아한테 그런 소질이 다 있었구나! 정말 듣기 좋은 칭찬이네. 참 잘했다. 성아야."

나는 성아를 꼭 안으며 곱게 땋아 내린 머리를 쓰다듬어주었다.

성아가 영어 선생님으로부터 그런 칭찬을 받았다는 것이 자랑스럽기도 했고, 한편으론 그렇게 영어로 글을 잘 쓸 수 있는 딸이 부럽기도 했다. 하버드대에서 길고 짧은 논문을 쓰면서 아직도 영작문이 자주 막혀 속을 끓이고 있었던 나는 부럽지 않을 수 없었다.

"내가 뭐에 대해 썼는지 안 물어보세요?"

빨리 얘기하고 싶지만 그냥 말해버리기엔 아깝다는 생각이 드는지 성아는 장난기 어린 눈을 짓궂게 반짝이며 내 말을 재촉했다.

"응, 그래. 뭐에 대해서 썼는데? 뭘 썼어?"

내가 일부러 더 궁금해 미치겠다는 표정으로 재촉하자 성아가 살짝 눈을 흘겼다.

"뭐 그래? 내가 말하기 전엔 궁금해 하지도 않으셨으면서! 안 가르쳐드릴까 보다."

토라진 척 등을 돌리는 성아에게 "어이, 좀 가르쳐주라." 하며 팔을 잡아당기자 성아는 못 이기는 척 들고 있던 작문을 내게 내밀었다.

성아가 쓴 글의 제목은 〈I saw America 나는 미국을 보았다〉였다.

> 461편 항공기는 3번 게이트에서 출발합니다. 뉴욕으로 가시는
> 승객 여러분께서는 3번 게이트로 오시기 바랍니다. …… 비행기
> 표를 들고 줄을 서 있는 동안, 심장 뛰는 소리가 들려오는 것 같
> 았다. 미국으로 간다는 사실이 내겐 분에 넘쳐 보였다……

성아의 글을 읽어 내려가던 나는 전율을 느꼈다. 그 아이는 내가
처음 미국에 오던 때의 얘기를 마치 자기가 나였던 것처럼 그려가고
있었다.

> …… 주섬주섬 짐을 챙겨서 출구를 향했다. 비행기에서 꾼 꿈이
> 떠올랐다. 문득 그 목소리는 다름 아닌 나 자신의 목소리였음을
> 깨달았다. 그 꿈을 생각하면서, 나는 또 하나의 꿈을 보았다. 올
> 바르고 자유로운 세계를 향한 꿈. 나는 기회가 가득한 나라의 꿈
> 을 보았다. 그리고 그 꿈이 내 눈앞에서 현실로 펼쳐지는 것을
> 보았다.

내가 자기의 글을 읽는 동안 성아는 내 옆에서 잠자코 나를 지켜

보고 있었다. 나는 창피함도 잊은 채 주먹으로 눈물을 훔쳤다. 마지막 부분까지 읽고 나는 성아를 안으며 흐느껴 울었다. 엄마를 그리도 잘 알아주는 딸에 대한 감사의 마음이 북받쳐 올랐다. 성아도 나를 안고 부드럽게 내 등을 어루만지고 있었다.

　나는 성아의 글을 내 자전 에세이《나는 희망의 증거가 되고 싶다》의 프롤로그로 실었다. 물론 이 글은 성아 자신의 세계관이 기저에 깔려 있기 때문에 내 생각과 꼭 같지는 않다. 그러나 그 글 속에는 그때의 내 심정이 비교적 잘 담겨 있다. 그리고 그것은 내 운명의 시작이기도 했다.

자녀와
절친이 되려면

쉼 없는 대화를 통해 우리는
서로를 읽고 느낄 수 있는 친구가 되었다.
자식과 친구가 된다는 것은 정말 멋진 일이다.

나는 성아에 대해 시시콜콜 꿰고 있다. 고민이나 희망사항 같은 것뿐 아니라 성아와 친한 친구, 싫어하는 선생님, 좋아하는 남자아이 등 그 애의 사생활은 나의 레이더에 모두 감지되었다. 사립탐정 기질이 있어서 성아 뒤를 졸졸 따라다니며 캐물은 것은 아니다. 나는 단지 귀를 열고 듣기만 할 뿐이었다.

아이들이 머리가 굵어지면 더 이상 엄마를 찾지 않고 친구를 찾는

다. 친구들이 아이의 말을 들어주는 방식은 엄마와 다르다. 하지만 엄마도 충분히 대화 상대가 되어줄 수 있다는 것을 느끼게 해주어야 한다. 그러기 위해서는 우선 아이의 말에 귀 기울여야 하고 약간의 기술도 필요하다.

첫째, 무조건 맞장구를 쳐준다.

둘째, 자신의 생각을 강요하지 않는다.

셋째, 내 일인 것처럼 들어준다.

나는 성아가 말을 하면 그 애보다 더 열을 내고, 어떤 때는 "그래! 그래서?" 하고 더 재미있어 한다. 성아가 좋아하는 남자아이가 생겼을 때는 감정을 이입해 같이 설레기도 하고 초조해하며 애를 끓이기도 했다. 이런 나의 연출 덕분인지 성아는 엄마한테 얘기하는 걸 부담스러워하지 않았다. 덕분에 성아를 키우며 나는 사춘기를 다시 겪었다 해도 과언이 아니다.

자마고등학교에 다닐 때 일이다.

"엄마, 우리 수학반에 제레미라는 남자애가 있거든요. 좀 까불기는 하지만 괜찮게 생겨서 그런지 전혀 밉지 않은 거 있죠."

저녁을 먹으며 학교에서 있었던 일을 주렁주렁 엮어가던 성아의 입에서 처음으로 그 남자아이 이름이 나왔다. 은근히 관심이 갔다.

"그래?"

내가 흥미로운 얼굴로 대꾸하자 성아는 신이 나서 그 아이가 옆자리 아이에게 장난친 일이며 선생님이 칠판에 무언가를 쓰는 사이 얼굴을 우습게 찡그리던 것 등을 늘어놓았다.

"그런데 엄마, 나 그 애가 좋아지면 어떡하지?"

공부다 운동이다 해서 정신없는 판에 남자아이에게 마음을 빼앗기기가 겁이 나는 모양이었다.

"좋아지면 어때? 그리고 누군가를 좋아하는 것은 네 마음대로 되는 일도 아닌데 뭐. 좋아하는 사람이 있으면 학교가 더 가고 싶을 거고, 그 애한테 잘 보이고 싶어서라도 공부도 더 잘할 것 아냐."

"그런데 나한테 관심이 없으면 어떻게 해?"

"너처럼 멋있는 아이에게 관심이 없으면 그 녀석 손해지 뭐. 물론 두 사람이 서로 좋아하면 더욱 이상적이겠지. 그러나 중요한 것은 네 마음에 피는 무지개야. 세상 모든 남자가 너를 좋아한다 해도 네가 좋아하지 않으면 사실 아무 소용이 없잖아."

"……."

그날부터 성아는 내게 거의 매일 제레미 얘기를 들려주었다. 마치 연속극에 중독된 듯 나 역시 매일 제레미에 대한 스토리를 기다리게 되었다.

그러던 어느 날 집에 돌아오니 성아가 풀이 죽어 있었다.

"왜 그래? 학교에서 무슨 일이라도 있었어?"

"제레미 그 자식, 여자친구 생긴 거 있죠. 화딱지가 나서 말이야."

"뭐 그래. 그 녀석 너한테 꽤 관심이 많은 거 같더니."

내 목소리가 나도 모르는 새 커졌다.

"괜히 배신당한 것 같아서 기분 잡쳤잖아."

"정말 뭐 그런 자식이 다 있어. 아무튼 그 녀석은 너와 연결될 운명이 아니었던 거야. 너 우리 집 냉장고에 붙여놨던 포스터 생각나니? '좋아하는 이가 있으면 그를 자유롭게 풀어주십시오. 그이가 당신과 인생을 함께할 운명이라면 그는 꼭 당신에게 돌아올 것입니다. 만일 그가 돌아오지 않는다면 애당초 그이는 당신의 사람이 아니었답니다.' 아무튼 아직 완전히 끝난 건 아니야. 결혼한 사람이 이혼도 하는데 여자친구가 생겼다고 좌절할 필요는 없지. 진짜 그 애가 좋다면 마음 느긋하게 먹고 기다려. 그러는 중에 너한테 남자친구가 생길 수도 있지만······."

"그럴까? 하긴 그 자식, 같이 영화 보러 가자고 했을 때 거절했더니 그때부터 좀 달라지긴 했었어."

"왜 영화 보러 같이 안 갔니?"

"자기네 엄마가 태워준다잖아. 셋이서 영화 보는 게 너무 멋쩍을 것 같아서 그랬는데 내 마음도 모르고 말이야."

성아는 남자아이 때문에 다른 중요한 것을 포기하지 않았다. 언제나처럼 공부도 운동도 열심히 했다. 몇 달이 지나자 성아는 또 좋아하는 남자친구가 생겼고, 어느 틈엔가 제레미라는 이름은 성아의 입에서 점점 사라져가고 있었다.

 몇 년이 지난 후에야 우리는 제레미가 다른 여자친구를 사귄 것은 성아의 작은 오해 때문이었음을 알게 되었다. 당시 영화를 보러 가려면 다른 부대에 있는 극장에 가야 했다. 나이가 어려서 부대 내 운전면허증밖에 없는 제레미는 부대 밖에서의 운전이 허용되지 않았다. 그래서 엄마가 극장에 태워다주기로 했던 것이다. 물론 그 엄마는 젊은 아이들의 방해꾼이 될 정도로 눈치 없는 사람이 아니었다. 성아가 거절한 이유를 알지 못했던 제레미는 자신이 데이트 신청에 거절당했다고 생각했던 것 같다. 자존심 때문에 제레미는 점점 성아를 피하게 되었고 결국 나중에는 다른 아이를 사귀게 된 것이었다.

 자마고등학교에서 사귄 성아의 친구 중에는 게이도 한 명 있었다. 필리핀계 남자아이로 늘씬한 키에 아름다운 긴 머리를 늘어뜨리고 다녔다. 틈틈이 잡지 모델로 일하기도 했는데, 예쁜 얼굴은 아니었지만 신비로운 느낌이 있었다.

 처음에 성아는 게이나 레즈비언에 대해 부정적인 견해를 가지고 있었다.

 "그런 사람들은 생각만 해도 징그럽고 싫어. 어떻게 남자가 남자를 사랑하고 여자가 여자를 사랑할 수 있는지 이해가 안 가."

 나 역시 동성애가 껄끄럽다. 그렇다고 그런 사람들을 무조건 좋지 않다고 단정 짓는 것 역시 반대다. 취향의 차이일 뿐 잘못된 일은 아니다. 그렇게 생각하는 것 자체가 차별이다. 난 성아가 좀 더 넓은 마음을 갖길 바랐다.

"성아야, 엄마는 너와 생각이 좀 달라."

뜻밖의 말에 성아는 무척 놀라는 기색이었다.

"동성애자들 역시 부당한 사회제도의 희생자인지도 몰라. 그런 성향은 타고난다고 생각해. 우리가 여자로, 남자로 또 백인, 흑인, 황인으로 태어나는 데 선택권이 없었듯이 그 사람들도 선택 사항이 아니었을 거야. 다시 말해서 그건 그들의 잘못이 아니라는 거지."

"……."

엄마의 논리에 성아는 눈 사이에 '내 천(川)'자를 그리면서 듣고 있었다.

"누군가의 행동이 틀려먹었다거나 남을 괴롭힌다면 당연히 비난받아야겠지. 그렇지만 단순히 같은 동성에 연정을 느낀다고 해서 그들을 미워하고 싫어한다는 것은 옳지 않다고 생각해. 그들이 동성을 선호한다는 것 하나로 그 사람의 모든 것을 부정적으로 단정 짓는 것은 섣부르다고 생각해."

어리둥절해하면서도 성아는 조금은 수긍이 가는 모양이었다. 얼마 후 성아는 게이 남학생에 대해서 거리낌 없이 들려주었다. 그 아이 역시 자신을 있는 그대로 이해해주는 것이 고마웠던지 성아를 무척 좋아했다.

"엄마, 걔는 성격이나 태도 그리고 옷 입는 것까지 나보다 더 여성스러운 거 있죠. 얘기할 때도 소곤소곤하면서 자기 마음에 드는 남자애들에 대해서 이야기할 때는 정말 가시나하고 얘기하는 것 같아. 아무튼 알고 보니까 공부도 잘하고 참 괜찮은 애였어요."

"그 애랑 같이 다니면 밤늦게라도 나는 걱정할 필요가 없으니 다행이고."

"엄마도 참, 싱거우시긴."

쉼 없는 대화를 통해 우리는 서로를 읽고 느낄 수 있는 친구가 되었다. 세상의 일이 그러하듯 값진 보석은 쉽게 얻어지지 않는다. 인내와 희생이 따르기 마련이다. 그러나 자식과 친구가 될 수 있는 것보다 더 멋진 일은 없다.

국제 스태프로 일하며

일본에서 만난 사람들 중에 내가 존경하는 일본 여성이 한 명 있다. 그녀의 이름은 카토우 코오꼬로, 그녀를 처음 만났을 당시 30대 초반의 미혼 여성이었다. 그녀는 우리 가족과 인연이 많은 오카야마 시의 국회의원 딸로 하버드대학원을 졸업했다. 그 시절 코오꼬는 아버지의 정치적 참모였고 캐나다인 약혼자와 조그만 회사를 운영하고 있었다.

그녀를 내게 소개해준 사람은 보겔 교수였다. 보겔 교수는 매년 여름 도쿄에서 하버드 출신 제자들을 초대해 동창회 비슷한 모임을 열었다. 내가 일본에 도착하자 내게도 초청장이 왔다. 거기서 소개받은 사람 중의 한 명이 카토우 코오꼬였다.

처음에는 그녀가 오카야마 출신이라는 것이 내 관심을 끌었다. 일제강점기에 우리 아버지와 엄마 그리고 네 살이었던 언니가 살았던 곳이 오카야마였기 때문이다. 반면에 그녀는 내가 미군 장교라는 데서 호기심을 느꼈던 모양이다. 우리는 금세 친해져서, 내가 오카야마로 여행을 갔을 때 그녀의 부모님 집에서 묵은 적도 있었다. 마침 내가 그곳에 갔을 때 그녀의 아버지를 위한 후원회가 열리고 있었다. 거기에는 여러 명의 일본 유명인사들이 참석해 있었다.

"이분은 미 육군 대위예요. 그리고 보겔 교수님의 수제자예요."

코오꼬는 자랑스럽게 나를 그들에게 소개했다. 또 내가 일본의 다른 지역을 답사할 때도 그녀는 안내할 사람을 주선해주는 등 여러모로 편의를 제공했다.

내가 동양 여성으로서 미군 장교에다 하버드대 박사학위 후보라는 사실은 일본에서 큰 힘이 되었다. 내가 가지고 있는 타이틀은 어떤 보수적인 문도 열 수 있는 열쇠 역할을 했다.

나를 처음 만났던 일본 사람들은 대체로 나를 대수롭지 않게 여긴다. 그러나 정작 내 명함을 보든지 얘기 도중 나의 백그라운드를 알게 되면 어김없이 눈이 커진다.

"아, 정말 멋있어요!", "아, 어쩌면 그럴 수가!", "같은 동양 사람으로서 정말 자랑스럽습니다." 등을 연발한다. 그들의 찬사는 같이 있던 성아의 가슴을 더욱 뿌듯하게 해주는 효과가 있었다.

나가노시의 전역 일본자위대협회 회장이 성아와 나를 자기의 별장으로 초대한 적이 있었다. 회장은 칠순쯤 되시는 보수적인 노인이었다. 그날 저녁 그는 그 지역 유지들을 열 명 정도 저녁 만찬에 초대했다. 전부 중년 이상의 남자들이었고, 초대받은 손님들 중에 여자는 나와 성아뿐이었다. 그런 자리에서 그 회장은 나와 성아를 상좌에 앉혔다. 그러고는 자신보다 훨씬 어린 나에게 '선생님'이라는 호칭을 붙이며 극진히 대접해주었다. 그건 내게 일종의 성공의 맛과도 같았다. 그리고 그 맛을 성아도 성취하기를 바랐다.

코오꼬와의 인연은 딸 성아와도 이어졌다. 1994년 여름, 성아는 방학 동안 일본 국회의원 사무실에서 아르바이트를 하고 싶어 했다. 일본의 정치에 대해 배워보고 싶다는 것이 그 이유였다. 나는 성아를 코오꼬에게 소개시켜주며 성아의 의사를 전해줬다. 함께 점심을 먹으며 그녀는 일본어로 성아에게 이것저것 물었다.

"오카야마에 와서 일해보는 건 어때요?"

얼마 후 그녀로부터 뜻밖의 제안이 왔다. 고등학생으로 국회에서 일을 하면 별로 배울 게 없다고 했다. 그들에게는 주로 복사나 전화 받는 일 정도의 심부름밖에 안 맡기기 때문이었다.

"지금까지 고등학생을 써본 적은 없지만 재스민은 왠지 해낼 수 있을 것 같은데요. 아마 좋은 경험이 될 거예요."

코오꼬는 매년 여름 미국 유수 대학의 대학생이나 대학원생 몇 명을 국제 스태프로 채용해 오카야마로 데려왔다. 그들은 코오꼬 부모님 댁에서 기거하며 아버지의 사무실 직원들과 여러 지역사회 활동에 참여하고 있었다. 왕복 비행기표를 마련해주고 숙식 제공과 한 달에 천 달러 정도의 월급을 지급했다.

경험을 중시하는 미국 학생들에게는 무척 매력 있는 일이기 때문에 경쟁이 꽤나 치열한 편이었다. 그런데 선뜻 성아에게 기회를 주겠다는 것이다. 방학이 시작되고 며칠 후, 함박웃음을 터뜨리며 성아는 오카야마행 신칸센에 올랐다. 비록 고등학생이긴 했지만 성아는 오카야마시 국회의원의 당당한 국제 스태프가 되었다.

"엄마, 여기서 백인 남자 둘이 나하고 같이 일하거든요. 한 사람은 존스홉킨스대학원 정치학 전공이고 다른 한 사람은 하버드대 1학년인데 국제경제 전공이래요. 굉장하죠? 대학생은 일본말이 그저 그런데 대학원생은 굉장히 잘해. 그리고 이 집에서 일하는 사람들이 세 명인데 다 엄마를 알더라고요. 엄마가 지난번에 여기서 주무셨을 때 만나봤는데 정말 멋있더래요. 그런 말 들으니까 기분 좋던데요."

며칠 후 집으로 전화한 성아는 신이 나서 숨도 안 쉬고 그곳 얘기를 재잘거렸다.

성아가 오카야마에 간 지 한 달쯤 후였다.

"엄마, 나 오늘 누구 만난지 아세요?"

저녁을 먹고 잠시 뉴스를 보고 있는데 성아에게 전화가 왔다. 엄마에게 자랑을 하고 싶어 안달이 났는데 너무 쉽게 풀어버리면 재미가 없을 것 같았는지 슬슬 장난을 걸어왔다.

"글쎄…… 누굴 만났을까?"

전혀 알 수가 없기도 했지만, 성아의 장난에 장단을 맞춰줬다.

"오자와 이치로!"

"오자와 이치로?"

일본 자민당의 거물급 국회의원 이름이 나와서 좀 놀라긴 했다.

"같이 일하는 대학원생이 부탁해서 코오꼬가 자리를 마련했나봐. 코오꼬하고 그 사람 남편, 또 우리 셋이 오자와 씨 사무실로 가서 함께 차를 마시며 얘기도 하고 사진도 찍고 했거든. 대학원생은 미국 정치에 대해서 질문을 하고 하버드대생은 경제에 대해서 질문을 하고. 그런데 나는 무슨 질문을 했는지 아세요?"

성아가 또 뜸을 들인다.

"아무튼 나는 고등학생이니까 학생 같은 질문을 했지. '일본 고등학교에 다닐 때 보니까 일본 아이들은 일본의 역사에 대해서 너무 모르는 것 같아요. 특히 제2차 세계대전이나 그전에 일본이 여타 아시아에서 벌인 행위에 대해서는 전혀 모르고 있어요. 그건 학교에서 가르치지 않았기 때문에 그렇다고 생각해요. 국제화시대를 살아가야 할 아이들인데 자기 나라의 역사도 올바로 알지 못하고 어떻게 경쟁에서 페어플레이를 할 수 있겠어요?' 그랬더니 오자와 씨가 뭐랬는지 아세요?"

"뭐라고 했는데?"

"눈을 크게 뜨고는 '재스민 정말 고등학생 맞아?' 그러는 거 있죠. 그러고는 '나도 재스민과 생각이 같아. 나 역시 정부가 아이들에게 역사를 바로 가르쳐야 한다고 생각하거든. 그렇게 되도록 노력해야지.' 하더라고요. 나는 잘 몰랐는데 나중에 코오꼬가 집에 와서 부모님들 앞에서 내 흉내를 내면서 그러더라고요. 오자와 씨하고 얘기하는데 마치 이웃집 아저씨하고 얘기하는 것 같더라나. 오자와 씨도 나를 무척 마음에 들어하더래요. 코오꼬 아버지는 연신 싱글벙글하면서 굉장히 좋아하고요. 신이 나서 나한테 무슨 트로피를 가져와 보여주면서 읽어보라고 하는데 태권도연맹에서 받은 거였어요. 카토우 선생님이 일본의 태권도연맹 회장이라던가? 하여튼 한국어로 써 있는 걸 쭉 읽어줬더니 내 등을 두드리며 좋아서 어쩔 줄을 모르시더라고요. 기분 좋지, 엄마? 그럴 때 엄마가 옆에서 봤으면 얼마나 좋아했을까 생각했지."

성아는 폭포수처럼 말을 쏟아놓았다. 듣기만 해도 가슴이 시원해졌다.

"고맙다, 성아야. 정말 기분이 좋아. 엄마는 성아가 굉장히 자랑스러워."

"헤헤, 엄마가 좋아하실 줄 알았어."

옆에 있으면 힘껏 안아주고 싶은 기분이었다. 아마 성아는 다물지 못하는 내 입을 보며 나를 놀리겠지만 부모의 자랑이자 훈장은 자식이 아닌가 싶다.

대통령상을 받다

봉투 안에는 편지 한 장이 들어 있었다.
"대통령상 수상자에 선정된 것을
진심으로 축하합니다. 빌 클린턴."

"엄마, 이것 좀 읽어봐요. 내가 이해를 잘한 건지 모르겠어."

군화를 벗고 있는데, 성아가 내게 편지 한 장을 내밀며 고개를 갸우뚱했다. 군복을 입은 채 소파에 앉아 성아가 건네준 편지를 읽기 시작했다.

"대통령상 후보?"

나도 그런 상이 있다는 말을 들어 본 적이 없었다. 그리고 대통령상이라는 거창한 이름의 내용을 담은 것 치고는 편지봉투와 편지지가 지나치게 소박했다.

"아무튼 전체 고등학교 졸업 예정자들 중에서 5천 명을 뽑았다는 것 같은데…… 이거 누가 또 뭐 팔아먹으려고 그러는 거 아냐? 그런데 어디로 돈 보내라는 말은 없네. 여러 가지 서류를 보내라는 말 외에는. 아무튼 교육부에서 온 거니까 가짜는 아닌 거 같고……. 내일 학교 가서 선생님들께 한번 여쭤 봐."

평생을 속아 산 것도 아닌데 대통령상이라는 이름이 주는 '대단함' 때문에 혹시 누군가 장난치는 건 아닌가 하는 생각이 들었다.

"보내라는 서류가 꽤 많은데요. 응모 원서, 성적증명서, 선생님들 추천장, 수필……. 요즘 정말 눈코 뜰 새 없이 바빠서 할 수 있을지 모르겠어요."

그다음 날 사무실로 전화가 왔다. 성아의 목소리가 자못 들떠 있었다.

"엄마, 선생님이 그러시는데 그거 진짜래요. 작년에는 모리카와라는 선배가 예선까지 합격해서 부대 신문에도 났었대. 올해도 우리 학교에서 나 한 사람만 뽑혔나봐. 선생님들도 축하한대나……."

그날부터 성아의 스케줄은 더욱 바빠졌다. 잠도 몇 시간 못 자는 것 같았다. 나이가 든 탓인지 나는 밤 12시를 넘기지 못했다. 정신없이 서류 수속과 공부에 몰두해 있는 성아를 볼 때 미안했지만 쏟아지는 잠은 어쩔 수 없었다. 게다가 깨어 있다 한들 어차피 성아가 해야 할 일이었다.

"성아야, 미안하지만 엄마 먼저 잘게."

성아는 내가 침대에 들자 이불을 덮어주곤 내 뺨에 뽀뽀를 했다. 피식 웃음이 나왔다. 언제부터인지 성아는 내가 집안의 가장으로 혼자서 동분서주하며 노력하기 때문에 잘 보살펴줘야 한다고 여기는 눈치였다. 할아버지가 돌아가시고 할머니가 한국으로 가서서 둘만 살게 되자 어느 쪽이 딸이고 어느 쪽이 엄마인지 모르게 뒤바뀌어버린 것이다.

"엄마, 예비 심사에 합격이야."

서류를 보내고 몇 주일이 지난 어느 날, 흥분한 성아의 목소리가 전화기를 타고 흘러왔다. 일에 정신을 빼앗기고 있던 터라 순간적으로 그 말이 이해되지 않았다.

"물론 최종 심사가 남았긴 하지만. 아무튼 작년 졸업반의 스타였던 모리카와는 따라잡은 셈이지."

그제야 정신이 번쩍 들었다.

"야, 우리 성아 정말 대단해. 축하한다."

"최종 심사는 별로 자신이 없으니까 너무 기대하지 마세요. 그러다 실망해요."

"걱정 마, 이 녀석아. 예비 심사에 합격한 것만 해도 얼마나 장한

데. 넌 공립만 다녔는데 엄청난 돈을 들인 사립학교 아이들과 똑같은 경쟁을 해서 이긴 거잖아. 우리 저녁에 맛있는 거라도 먹으면서 축하하자."

그 후 거의 한 달이 지나도록 미국 교육부에선 아무런 소식이 없었다. 졸업이 한 달 앞으로 다가왔다. 최종 심사에 합격되면 졸업 직전에 백악관으로 상을 타러 가게 된다고 안내문에 적혀 있었다. 우리는 슬슬 체념하기 시작했다.

그러던 어느 날, 나는 우체통에서 큰 봉투 하나를 발견했다. 성아 앞으로 백악관에서 온 편지였다. 가슴이 두근거렸다. 하지만 남의 우편물을 먼저 뜯어보는 실례를 범할 수는 없는 노릇이었다. 성아가 오려면 앞으로 대여섯 시간은 더 기다려야 했다. 나는 일도 놓은 채 시계만 노려보고 있었다. 그러나 채 30분을 못 넘기고 핑곗거리를 만들어냈다.

'성아는 별로 기분 나빠하지 않을 거야. 내 마음을 이해할 거야.'

나는 둘러대며 떨리는 손으로 개봉했다. 그 속에는 편지 한 장과 안내문 한 장이 들어 있었다.

"대통령상 수상자에 선정된 것을 진심으로 축하합니다. 빌 클린턴."

나는 한 글자 한 글자 다시 읽었다. 그래도 미심쩍어 동료 직원에게 읽어보라고 편지를 건네줬다.

"야, 재스민 대단한데! 대통령상을 타게 되다니! 축하해요."

현실이었다. 여기저기서 동료들이 축하한다면서 내게 악수를 청했다. 이번에는 빨리 성아에게 이 소식을 알려주고 싶어 안달이 났다. 그 순간 사무실 문이 열리면서 성아가 들어왔다.

"와! 꿈만 같아. 6월 20일부터 25일까지 백악관에 초대한대. 엄마도 같이 갈 거지?"

그러나 나는 그 약속을 지키지 못했다. 성아가 대통령상을 타러 갈 무렵 한국은 북한 핵 문제로 비상사태에 걸려 있었다. 나는 유창한 한국어 실력 때문에 한국에 파견 나가야 하는 처지가 되었다. 사정을 설명하고 딸과 함께 백악관에 갈 수 있도록 며칠 휴가를 신청했지만, 대답은 나흘 휴가밖에 못 주겠다는 것이었다. 오고가는 데만 나흘이 걸리기에 무리였다. 더구나 경비만 4천 달러가 소요됐다.

'아무리 돈이 들어도 함께 갔어야 했는데…….'

성아가 상을 타던 날, 4천 달러 때문에 백악관행을 포기했다고 생각하니 내가 멍텅구리 같았다. 캄캄한 밤하늘을 쳐다보며, 클린턴이 성아에게 메달을 걸어주는 장면을 상상했다. 살다보니 꿈보다 더 멋진 현실도 있었다.

성아는 1995년 6월 고등학교를 졸업했다. 학생회장이었던 딸은 1등으로 졸업했고 250만 미국 고교 졸업생 중 141명에게만 주어지는 대통령상도 탔다. 그렇지만 그 과정에서 모든 일이 무사태평했던 것은 아니다.

실패를
희망의 재료로

"어쩌면 하나님은 나를 더 크게 쓰실
계획이 있으신 것 같아요. 좀 더 겸손한
마음으로 더 열심히 할 거예요."

군대 일로 규슈에 출장 중이던 나는 저녁을 먹고 서둘러 혼자 집에 있을 성아에게 전화를 했다.

"하이, 재스민짱. 별일 없어?"

"별일이 있었어요."

가슴이 철렁했다. 장난을 친다고 생각하기엔 목소리가 지나치게 차분했다.

"무슨 일인데?"

"나, 하버드 떨어졌어요."

믿기지 않았다.

'어떻게 성아가 하버드를 떨어져? 훨씬 못한 나도 됐는데! 모두들 성아는 틀림없다고 했는데…….'

"엄마, 괜찮으세요?"

아무 말이 없자 성아는 오히려 당황했다.

"아니, 어떻게 그럴 수가……."

갑자기 장님이 된 듯 앞이 캄캄해져 말을 이을 수가 없었다. 성아도 아무 말이 없었다. 난 그제야 당사자는 성아라는 걸 기억해냈다.

"미안하다, 성아야. 이럴 때 옆에 있어 주지도 못하고…….'

나는 기어이 눈물을 쏟고 말았다. 그 좌절을 아무도 없는 빈집에서 혼자 삭여야 했다고 생각하니 마음이 쓰라렸다.

"세상에, 실망이 얼마나 컸겠니. 미안하다. 왜 이럴 때 하필 엄마는…….'

나는 북받치는 감정을 주체하지 못해 훌쩍거리기 시작했다. 잠잠히 듣고 있던 성아가 말을 이었다.

"사실 처음에는 나도 무척 힘들었어. 하늘이 무너지는 것 같았고."

"…….'

"그래도 나는 '이것이 하나님의 뜻이구나.'라고 생각하고 있어요. 또 그렇게 생각하니까 이젠 마음이 편안해요. 내가 뭐든지 잘되고 있어 건방이 들었거든요. 그런 나를 보고 하나님이 걱정이 되셨던 것 같아요. 어쩌면 하나님은 나를 더 크게 쓰실 계획이 있으신 것 같아요. 내가 나중에 그 일을 망칠까 봐 늦기 전에 내게 올바른 정신 상태를 가르치려고 그러셨다는 생각이 들어요. 이제부터는 좀 더 겸손한 마음으로 더 열심히 할 거예요."

'그 철부지 꼬맹이가 어느새 저렇게 자랐구나.'

성아에게 약한 모습을 보인 내 자신이 부끄러웠다. 성아는 하버드대에 떨어진 '불행'을 자신의 희망 재료로 활용하기로 이미 마음을 먹은 상태였다.

당시 성아의 불행은 나에게도 적지 않은 영향을 미쳤다. 그 일이 없었다면 나는 틀림없이 계속 군에 남아 있었으리라 생각한다. 어려운 역경을 하나하나 해결해가며 이루어온 성취는 점점 건방짐으로 변질되고 있었다. 하버드대를 향한 도전은 언젠가부터 빛이 바래고 있었다. 하버드대와 군의 갈림길에서 나는 성아의 말을 몇 번이고 마음속에서 되뇌었다.

'내가 뭐든지 잘되고 있어 건방이 들었거든요…….'

나도 초심으로 돌아가야 했다. 하버드대는 내게 그저 학교가 아니었다. 내겐 '박사'라는 꿈이 있었다. 그리고 박사가 되어 나 자신은 물론, 다른 사람들에게 희망을 줄 수 있는 증거가 되어야 했다. 그러기에 하버드대에서의 박사학위는 내가 반드시 성취해야 하는 지상 최대의 과제였다. 나는 하나에 집중하기로 했다. 1997년 1월, 나는 20년의 군 생활을 접고 하버드대로 돌아왔다.

실력과 기회

이왕이면 더 많은 경험을 해보는 것이 좋다.
그러기 위해서는 지금까지 자신이
어떤 실력을 쌓아왔는지가 가장 중요하다.

세계 자본주의의 상징인 미국, 미국 사회에서 성공할 기회를 얻기 위해서는 실력과 자본력이 있어야 한다. 실력을 쌓기 위해서도 돈이 필요하다. 어느 나라나 중요한 일에는 고학력자를 쓴다. 고학력의 기본은 대학이다. 그런데 대학을 가기 위해서는 실력과 돈이 있어야 한다.

성아에게 내색하지는 않았지만 나는 여전히 하버드대에 적을 두고 있었기 때문에 성아를 대학에 보내는 것이 전혀 부담 없지는 않았다. 그렇다고 둘 중 한 명이 학업을 포기할 정도는 아니었지만 대위 월급이 충분한 것은 아니었다.

그런 내 마음을 읽었는지 성아는 조지타운대에 입학하자마자 미국 정부로부터 몇 천 달러를 융자받았다. 그리고 시간을 쪼개 학교 기숙사 출입구에서 신분증을 검사하는 일과 치과 접수원 등의 아르바이트를 시작했다. 모두 내 부담을 줄여주려고 한 일이었다.

그뿐만이 아니라 당시 성아는 혼자 살면서도 멀리 보는 눈이 생기고 있었다. 아르바이트를 하며 그다음해의 아르바이트까지 미리 준비하고 있었다. 그러던 중, 학교 게시판에서 '남부 화운데이숀' 모집 광고를 보게 되었다. 여름 방학 동안 일본 회사에서 아르바이트할 학생들을 모집하는 광고였다. 왕복 비행기표와 숙식을 제공해주고 월급은 천 달러 정도였다. 일정에는 일본을 알리기 위한 여행과 다양한 민속 행사가 포함되어 있었다. 색다른 경험을 할 수 있는 기회가 틀림없었다.

나는 당시 여전히 일본의 미군에 속해 있었기에 성아는 겸사겸사 그 일에 지원했다.

"뭐? 남부 화운데이숀이라구? 얘, 조지타운 출신은 어림도 없어. 더구나 1학년이면 가망이 없다고 봐야 해. 거기서 원하는 사람들은 주로 하버드나 예일, 그런 학교 출신들이야. 그 외에는 하늘에 별 따기야. 괜히 시간 낭비하지 말고 다른 곳을 알아봐."

조지타운대 선배들은 격려보다는 걱정을 했다. 그러거나 말거나 성아는 서류 수속을 알아보고 교수님들의 추천서도 받았다. 좀 더 철저히 준비하기 위해 코오꼬의 조언과 추천장을 받으려고 일본으로 전화를 했다.

"재스민, 남부 화운데이숀에 원서를 낸다고? 참 재미있네. 거긴 내가 지금의 이사장과 같이 설립한 곳이거든. 재스민을 추천하지 않으면 누구를 추천하겠어. 이사장한테도 전화를 해놓을 테니 걱정하지 말고 원서를 내."

놀람을 금치 못하는 선배들을 뒤로 하고, 성아는 이듬해 여름 일본으로 건너와 오사카에 있는 '아프리카'라는 아이들 유모차와 장난감을 생산하는 회사에 다니게 되었다. 사무실에서 전화를 받고 심부름도 하고 또 영어로 편지도 썼다. 편지를 보내는 대상은 미국 국회의원이나 카터 전 미국 대통령 부인 등 정관계의 유명인사였다.

"엄마, 좀 실망이야. 사람들이 아주 친절한 건 좋은데 편지 쓰는 일 외에는 별 다른 일은 안 맡겨. 두어 달 왔다간다고 별로 기대도 안 하는 거 있죠. 그리고 '너 같은 애송이가 뭘 할 수 있겠니?' 하고 생각하는 것 같아요. 내가 '일 좀 도와드릴까요?' 하고 물으면 대부분 '아, 재스민, 걱정 말고 쉬어요. 그냥 재미있게 놀다 가요.' 하잖

아. 난 일본 회사 경영에 대해 배우고 경험을 쌓고 싶은데 이 사람들
은 내가 일본에 그냥 놀러 온 줄 아나 봐. 시간 아까워 죽겠어. 따분
하기도 하고."

　기대가 컸던 만큼 실망도 커보였다. 한참 투덜대다가 전화가 뚝 끊
겨 버렸다. 하긴 두 달짜리 아르바이트생에게 중요한 일을 맡기는
것부터가 넌센스였다. 그런데 얼마 뒤 밤늦은 시간에 또 전화가 왔
다. 다행히 이번에는 기운차 있었다.

　"엄마, 오늘 무슨 일이 있었는지 아세요? 한번 맞혀 봐요."

　"애인 생겼지?"

　"에이, 엄마는. 그런 시시한 것 말고."

　"글쎄, 무슨 일이 있었는데?"

　아프리카가 한국에 지점을 세우기로 해서 서울에서 실무진 둘이
찾아온 것이었다. 회의를 하는데 언어 문제가 생겼다. 일본 사람들
은 한국어를 못하고, 한국 사람 한 명은 일본말을 좀 하긴 하는데 사
업 이야기를 나눌 정도는 아니었다. 다른 한 명은 영어를 할 줄 아는
데 일본 사람들은 영어를 한심할 정도로 못했다. 그래서 성아가 불
려간 모양이었다. 성아는 저녁까지 거의 온종일 통역을 했다. 말을
너무 많이 해서 입이 아플 지경이었다.

　"아무튼 내가 회의 전체를 이끌어가는 기분이더라고요. 사장님 이
하 모든 사람들이 내 얘기에 완전히 귀를 기울이고……."

그 이튿날 밤에도 성아가 신이 나서 전화를 했다.

"오늘부터 날 대하는 태도가 달라졌어요. 사장님도 계속 나를 찾으시고 또 사람들 앞에서 막 칭찬하시고. 다른 직원들도 내 실력을 인정해주는 태도예요. 중요한 일에도 참여시키려고 하고. 아무튼 기분이 좋았어요."

'그렇지!'

난 속으로 쾌재를 불렀다. 내가 살면서 가슴에 담아둔 조언 중 하나가 '실력을 쌓으며 때를 기다려라. 물론 존댓말을 잊어서는 안 된다.'이다. 성아에게 도전을 두려워하지 않는 용기와 한국어, 일본어 실력이 없었다면 기회가 주어졌더라도 빛을 발하지 못했을 것이다.

그해 여름, 성아는 일본에서 조지타운으로 돌아가자마자 내게 또 하나의 좋은 소식을 물어다 주었다.

"엄마, 좀 참았다 확실해지면 얘기하려고 했는데, 그만 입이 근질거려서. 아직 확실하지는 않거든요. 내가 잘못 알아들었을 수도 있고."

"녀석, 또 뭘 가지고 이렇게 뜸을 들이냐? 답답하게."

"ROTC에서 지금까지 3급 장학금을 받았는데 올해부터는 1급으로 올려준대요. 상급반에서 몇 명이 너무 힘들다고 그만뒀나 봐. 그래서 예산이 좀 남았대요. 내가 1학년 ROTC 생도 중에 1등을 해서

나부터 올려준대요."

돈이 손에 쥐어지기까지는 믿을 수 없다고 하면서도 기대하는 눈치가 역력했다.

"안 되도 할 수 없지 뭐. 손해 보는 건 없잖아. 그런데 1급은 장학금을 얼마나 받는다니?"

"2만 3천 달러!"

의기양양한 목소리가 전화기를 타고 울렸다. 2만 3천 달러라면 지금 받는 것보다 세 배가 넘는 돈이었다. 그 말인즉슨 나머지 1만 7천 달러를 위한 융자를 대폭 줄이고 또한 아르바이트에 매달리는 시간을 단축해 보다 많은 시간을 학과 공부에 할애할 수 있다는 말이었다.

하루하루 조바심 나는 나날을 보내고 있는데 반가운 전화가 왔다.

"엄마! 정말이야! 정말로 돈이 나왔어!"

덕분에 우리는 비싼 학비를 걱정하지 않아도 되었다.

일등이 왜 좋은가? 바로 이런 보너스가 주어지기 때문이다. 그해 여름 우리는 일등이 주는 보너스를 만끽했다.

함께 교정을
거닐다

성아와 함께 하버드에서 지내게 됐다.
하버드 공부벌레들 사이에서 우리 모녀는
서로를 위로하고 안아주며 앞으로 나아갔다.

내가 군 대신 하버드대를 택한 것은 운명이었던 것 같다. 하버드대
에 온 며칠 후 나는 오랜만에 만난 일레인과 점심을 먹었다.

"왜 성아는 하버드로 안 오고 조지타운으로 갔지?"

성아가 일부러 조지타운을 택한 것으로 아는 눈치였다.

"응, 입학 원서를 냈는데 떨어졌어."

"무슨 말이야. 성아가 떨어졌다는 것은 말도 안 돼."

기가 막히다는 듯 일레인은 나이프와 포크를 놓았다.

"전학 오라고 해."

"응?"

"전학 오라고 하라니까. 그리고 볼라이소 교수님과 보겔 교수님 두 분 다 성아를 잘 알잖아. 그 분들한테 추천서도 부탁하고."

하버드대의 정식 사무원으로 꽤 오랜 경력이 있는 일레인의 말은 그냥 가볍게 듣고 넘길 것이 아니었다. 이런저런 수속과 절차에 대해서 그들이 훨씬 잘 알기 때문이다. 그렇지만 그녀가 결정권을 가진 것은 아니었다.

"글쎄……."

주저하는 내가 답답하다는 듯 일레인이 다시 재촉했다.

"생각해보라고! 한 해에 하버드에 오는 학생은 2천~3천 명이야. 대통령상은 전 고등학교 졸업생들 중 141명이야. 어느 쪽 경쟁이 더 세? 그러니까 성아가 하버드에 안 될 이유가 없잖아. 물론 입학 원서를 냈을 때는 대통령상이 결정되지 않은 상태였으니까 입학 결정에 아무 도움이 안 됐지만 지금은 다르잖아. 그 애는 분명히 상을 탔잖아."

그녀가 고집을 부렸다.

"네 말도 일리가 있어. 해볼 가치가 있는 것 같아. 성아한테 물어볼게."

성아에게 연락하기 전에 먼저 나는 볼라이소 교수를 찾아 의견을 물었다.

"그 아이는 충분한 자격이 있다고 믿어요. 전학 올 의사가 있다면 나도 추천서를 써주지."

그의 말에 비로소 확신이 생겼다.

"어때, 한번 안 해 볼래? 일레인이나 볼라이소 교수는 네가 될 거라고 자신만만한데."

"글쎄. 뭐 꼭 그럴 필요가 있을까?"

성아는 불합격 통지를 받았을 때의 좌절이 생각나는지 별로 마음이 내키지 않는 모양이었다.

"한번 잘 생각해봐. 시간이 좀 빠듯하긴 하지만 엄마도 같이 도울게. 이미 낙방한 경험도 있잖아. 만일 안 된다고 해도 전처럼 그렇게까지 힘들진 않을 것 같은데……."

"하여튼 엄마는…… 생각해볼게요."

성아는 도전을 결심했고, 우리는 바쁘게 움직였다. 성아가 추천서를 받을 수 있도록 나는 백방으로 뛰어다녔다. 성아도 나름대로 여러 가지 서류를 마련하느라 바빴다. 드디어 성아는 봄방학 때 보겔 교수를 방문해 추천서를 받았다.

결과적으로 성아는 17:1이라는 엄청난 경쟁을 뚫고 하버드대에 합격했다. 합격했을 당시 성아는 공수훈련차 조지아 주 포트 베닝에

가 있었다. 성아가 비행기에서 낙하산을 짊어진 채 뛰어내려 지상에
도착했을 때 가장 큰 선물이 기다리고 있었던 것이다.

 우리의 하버드대 생활은 마냥 즐겁지만은 않았다. 무엇보다 세계
의 수재들 사이에서 모녀 모두 번민에 휩싸일 때가 많았다. 하버드
에서 같이 공부한 지 몇 달 안 되었을 때였다. 성아가 시무룩한 얼굴
로 내 기숙사에 찾아왔다. 그러고는 침대가 무너질 정도로 털썩 주
저앉으며 불쑥 말을 꺼냈다.
 "엄마, 나는 어떤 때는 나 자신이 너무 한심하단 생각이 들어."
 "무슨 소리야, 갑자기?"
 "내 친구들은 나보다 훨씬 훌륭한 것 같아. 나보다 머리도 좋고 마
음씨도 착하고…… 나는 왜 요 모양 요 꼴이지?"
 "……."
 읽을 책이 태산 같았지만 나는 읽던 책을 덮었다.
 "내 친구들은 나보다 훨씬 덜 공부하는 데도 나보다 아는 건 많은
것 같아. 그리고 하는 행동을 보면 정말 착한 것 같고. 속도 훨씬 넓
어. 그런데 나는 머리도 더 나쁘고 속도 좁아서 누가 조금만 뭐라 해
도 그냥 속이 부글부글 끓고……."
 나는 한참을 그냥 듣고만 있었다. 하고 싶은 말들을 모두 내뱉고
나자 굳어 있던 딸의 얼굴이 좀 누그러지는 것 같았다.

같이 기숙사를 쓰고 있는 두 명의 친구들이 성아한테 꽤 스트레스를 주는 모양이었다. 방은 둘인데, 셋이서 쓰다보니 한 사람은 거실을 쓰게 되었다. 그런데 그 친구가 늘 남자친구를 끌어들이는 바람에 기숙사에 들어갈 때마다 껄끄러웠다. 또 한 명은 청소를 안 해 쓰레기가 늘 자신의 방뿐만 아니라 복도에까지 넘쳐났다. 더욱 약오르는 사실은, 그러면서도 성적은 나쁘지 않았다는 것이다. 그에 비해 성아는 죽어라 노력하는 데도 성적이 신통치 않았다.

성아는 그런 이유로 괴로워했다. 방을 바꿔달라고 하자니 경위서 등을 써야 해서 번거롭고, 또 다른 방에 간들 다른 아이들이 마음에 들 것이란 보장도 없었다. 참고 넘어가기에는 매사 엄격하고 깔끔한 성격이라 속이 부글부글 끓는 것이 당연했다. 결국 자괴감까지 들어 의기소침해진 것이다.

성적에 있어서도 마찬가지였다. 하버드대에 온 학생들 치고 고등학교 때 1등 안 해본 아이가 없다. 그러니 웬만큼 노력해서는 따라가기만도 벅찼다. 솔직히 성아는 내가 그렇듯 천재과는 아니었다. 다만 가진 재능보다 좋은 결과물을 얻을 수 있는 열정이 있었다. 하버드를 미리 다니기 시작한 내 입장에서는 성아가 그저 그들 틈에서 지치지 않고 끝까지 경쟁해 나가기만을 바랄 뿐이었다.

당시 성아의 고민을 들은 나는 차분했다. 이미 내가 다 겪은 일이었기 때문이다. 하버드대에서 버티고 있는 자들 중 노력하지 않는

자는 없다. 그들도 성아가 보지 못하는 곳에서 죽어라고 노력하고
있을 것이 분명했다. 나는 조심스럽게 말을 꺼냈다.

"그건 나도 마찬가지야. 나도 주변의 모든 사람들이 무엇이든 나
보다 훨씬 많이 아는 것 같아서 어떤 땐 정말 기가 죽어."

성아가 내 베개를 껴안으며 편안하게 벽에 기대앉았다.

"그리고 사실 나도 가끔 내가 참 못됐다는 생각이 들어 괴롭다."

"엄마같이 마음 착한 사람이 몇이나 된다고 그래요. 엄마는 내가
보기에도 정말 착해."

"그렇게 보이지?"

"그렇게 보이는 게 아니고 사실 그런데 뭐."

"그런데 성아야. 다른 사람들도 성아를 볼 때 그렇게 생각하거든.
성아는 정말 착한 사람이라고."

"그건 그 사람들이 내 속을 다 못 봐서 그래. 내가 얼마나 지독하
고 못됐는데. 그리고 얼마나 속이 좁은데."

"그래. 바로 그거야. 그 사람들이 네 속을 못 봐서 네가 정말 착하
다고 생각하는 거야. 그렇지만 넌 네 속을 다 볼 수 있으니까 너의
나쁜 점도 다 알 수가 있는 거지. 사실 누구나 못된 구석이 있는 걸.
네가 착하다고 생각하는 친구들도 마찬가지야. 그 아이들도 속에 들
어가 보면 아주 못된 점이 많을 거야. 다만 겉으로 표현하지 않을 뿐
이지."

"그럼 엄마도 이런 나쁜 점을 다 가지고 있어?"

"그거야 당연하지, 나도 인간인데. 내 자신이 무서워지고 미워질 때도 얼마나 많은데. 어쩌면 이렇게 지독하고 못된 사람이 있나 싶을 정도로."

"그래도 엄마는 나보다 착해. 내가 얼마나 이기주의자인지 알아요? 내가 남들한테 잘하는 것도 다 알고 보면 나를 위한 거라고요."

"대부분의 사람들이 다 마찬가지야. 아무튼 너 자신을 위해서 한 일이 다른 사람들을 기쁘게 한다면 일거양득이잖아. 그런데 이 세상에는 자신을 위한 일조차 안 하는 사람들이 얼마나 많은데. 그뿐이야? 일부러 남을 괴롭히는 사람도 얼마나 많은 줄 아니? 그런 사람들보다는 우리가 착한 거지."

"그럴까?"

다행히 마음이 많이 누그러진 모양이었다.

"이 녀석아, 공부도 마찬가지야. 네 친구들이 아주 똑똑해 보이는 건 네가 그 아이들의 똑똑한 부분만 봤기 때문이야. 그 아이들도 어떤 것은 한심할 정도로 못할 걸. 머리가 좋고 나쁜 건 타고난다지만 결과가 중요한 거 아니니? 아무튼 그 아이들의 장점과 너의 단점을 비교하는 건 너무 불공평해. 네가 그 아이들의 마음속과 머릿속에 다 들어가 보기 전에는 정확한 판단을 할 수 없을 테니까 말이야. 그럴 땐 너와 하버드 근처에도 못 오는 아이들을 비교해봐. 학생들 중 몇 퍼센트가 하버드에 올 수 있다고 생각하니?"

"……."

잠시 아무 말이 없던 성아가 침대에서 내려와 내 품안으로 파고들었다. 나보다 훌쩍 키가 커버린 딸의 응석이 내 마음을 푸근하게 했다. 내 가슴에 얼굴을 묻고 있던 성아가 갑자기 킁킁거리며 강아지처럼 냄새를 맡았다.

"음, 엄마 냄새. 이 냄새 맡으면 왠지 마음이 편안해져. 그래서 마음이 울적할 때 엄마가 집에 없으면 혼자 엄마 침대에 누워서 엄마 베개에 얼굴을 파묻곤 했었어."

공연히 코가 찡해졌다. 나는 성아의 곱슬머리를 쓰다듬어 내렸다. 향긋한 샴푸 냄새가 친근하게 느껴졌다.

사실 나는 성아를 질투했다. 성아가 질투했던 다른 아이들처럼. 나는 여전히 내 안에 있는 못난이 아줌마와 전투 중이었다. 그 아줌마는 여전히 책을 앞에 두고 집중을 못했다. 반면에 성아는 아무리 시끄러운 데서도 몰입을 잘했다. 내 안의 아줌마는 집중하기까지의 시간이 한나절이었다. 그래서 사람이 많은 도서관에는 갈 엄두도 내지 못하고 혼자 기숙사에 틀어박혀 며칠이고 세수는커녕 양치질도 거른 채 책과 씨름해야 했다. 하루 16~17시간씩 남들보다 몇 배의 시간을 더 투자해야 하는 것이다.

결국 그 못난이 아줌마는 너무 힘겨워서 딸아이 앞에서 눈물을 보인 적도 있었다. 갑자기 찾아온 노안으로 집중하려는 노력조차 불가능했던 시기가 있었기 때문이다. 그때 성아가 곁에서 안아주지 않았다면 나는 그 힘든 하버드대 생활을 견디지 못했을지도 모른다. 하버드대에서 성아와 함께 있을 수 있었던 건 내겐 천행이었다.

5장

꿈을 찾아
나아가는 딸에게

노동의 신성함

나는 성아가 사회 밑바닥의 일을 하면서
그들의 실생활을 접하고 인류의 한 구성원으로서
그들을 도울 수 있는 사람이 되길 간절히 바랐다.

나는 한국에 있을 때도 그리고 미국에 와서도 한참을 허드렛일에 종사했다. 생존을 위해 어쩔 수 없는 선택이었지만 당시의 경험은 내 삶을 꾸려나가는 데 상당한 도움이 되었다. 우선 나는 그 일을 체험하면서 진정 내가 꿈꾸는 삶이 무엇인지 항상 되묻고는 했다. 여기서 벗어나기 위해서는 무엇을 해야 하며, 앞으로 어떤 사람이 될 것인지 자신에게 끊임없이 묻고 답했다. 나중에 내 사회적 지위가 조금 높아졌을 때 나는 내 과거를 잊지 않으려고 노력했다. 그래서 허드렛일을 하는 사람들을 함부로 무시하거나 업신여기지 않는 겸손함을 잃지 않았다.

그런 내 과거를 잘 알아서인지 성아는 기회가 있을 때마다 힘든 일을 몸소 찾아서 하곤 했다. 하버드대로 전학이 결정된 그해 여름 성아는 두 개의 힘든 과정을 자원했다. 공수 자격 훈련과 워싱턴의 한 일본 식당에서 웨이트리스 일이 그것이다.

성아의 공수 훈련은 17년 전 내가 간부 후보생 훈련을 받았던 조지아 주의 포트 베닝에서 시작됐다. 내가 공수 훈련을 약식으로 받은 데 비해 성아는 정식으로 받았다. 땡볕 아래서 군용 안경을 끼고 하루에 열 시간이 넘도록 훈련을 받은 성아의 얼굴은 안경 낀 부분만 하얘서 올빼미를 연상시켰다. 낙하산 줄에 얼마나 많이 긁혔는지 목 양쪽에는 대각선으로 두터운 상처딱지가 오랫동안 새겨져 있었다. 이 악바리는 그곳에서도 제일 성적이 좋은 훈련생이었다.

공수 훈련을 끝낸 성아가 나를 불러냈다.

"엄마, 여기."

성아가 나를 보자마자 내민 손에는 반짝반짝 빛나는 은색 공수 배지가 있었다.

"나는 네가 자랑스럽다, 성아야!"

"첫 공수 배지는 자기가 가장 사랑하는 사람에게 주는 거래요. 난 엄마한테 드릴게요."

나는 그 배지를 들고 다니는 가방에 꽂아 한시도 떼어놓지 않았다.

노스캐롤라이나에서의 짧은 만남을 뒤로 하고 성아는 워싱턴으로 날아갔다. 조지타운에 있는 일본 식당의 웨이트리스로 일하기 위해서였다.

"거기서 일하고 있으니까 엄마가 처음 미국에 와서 일하셨던 게 생각나더라고요. 엄마도 제 나이였잖아요. 그렇게 일을 하면서 혼자 살아야 했구나 생각하니까 괜히 가슴이 찡한 거 있죠."

전화 저편에서 성아는 잠시 말이 없었다. 지배인들이 자신에게는 아니지만 다른 웨이트리스들에게는 함부로 군다는 말도 덧붙였다. 남미나 그 밖의 지역에서 온, 예전의 내 처지와 비슷한 사람들에게 인간적인 모욕을 주는 행동에 대해 성아는 분노하고 있었다.

"참, 재미있는 일도 있었어요. 지나가다 무심코 들었는데 식당 주인이 바텐더에게 내 말을 하더라고요. 일본 사람들은 하버드 하면 아주 껌뻑하잖아요. 그런 대단한 하버드대 학생이 식당 웨이트리스 일을 하는 게 영 믿어지지 않나 봐요. 자기네들끼리 쑥덕거리면서 '하버드생이면 좋은 사무실에서 일할 수도 있을 텐데 왜 식당에서 일을 하지?' 하는 거 있죠. 이 사람들 사고방식으론 엄마가 말한 허드렛일의 경험이 전혀 이해가 안 가는 모양이에요."

"얘, 너무 자신만만하면 추락하는 수가 있어."

"낙하산 훈련도 받았으니까 낙하산 타고 내려오면 돼요."

"아이고, 어쩌다 배지 하나 탔나 보다."

"어쩌다 배지 하나라니요? 무슨 섭한 말씀을!"

힘든 일을 하면서도 농담을 잃지 않는 성아를 보면 흐뭇한 한편 성아가 20여 년 전 내가 가졌던 절망, 현재 그 일을 하는 사람의 절실함을 충분히 느낄 수 있을지는 의문이었다. 영어가 서툴고 교육도 받지 못한 그들이 생계를 유지하는 유일한 수단은 성질 더러운 식당 지배인에게 욕설을 들어가며 그저 오래 일하는 방법밖에는 없다. 도처에 널려 있는, 약한 자에게만 강한 되먹지 못한 인간들로부터 그들은 자신을 방어할 수단이 없다.

이 고약한 굴레를 벗어날 방법은 없는 것인가. 노동은 신성한 것이다. 그것이 어떤 일이 되었든 땀을 흘리고 노력한 만큼 얻어가는 이는 존엄하다. 그럼에도 불구하고 우리가 사는 세상은 완벽하지 않다. 피부색으로, 출신으로, 직업으로, 종교로 사람의 존엄을 무시하는 현상은 없어지지 않고 있다.

나는 성아가 사회 밑바닥의 일을 하면서 그들의 실생활을 접하고 인류의 한 구성원으로서 그들을 도울 수 있는 사람이 되길 간절히 바랐다. 약자에게 강하고 강자에게 비굴한 이들은 아마도 이 세상의 한 구성원으로 고약한 짓을 계속할 것이다. 그리고 그것을 없애기 위한 선한 이들의 노력도 변함이 없을 것이다.

새로운 물결이 되어

나는 이미 내 인생의 성취를 이루었다.
그러나 성아는 이제 시작이었다.
훨씬 더 심한 경쟁과 도전이 기다리고 있을 것이다.

하버드대에서 성아는 학부생 기숙사에, 나는 대학원생 기숙사에 각각 들어갔다. 아파트를 얻어 같이 살 수도 있었지만 나는 그러지 않았다. 전학생인 성아는 앞으로의 하버드대 생활을 위한 나름대로의 정보가 필요했다. 그러기 위해선 다른 학생들과 좀 더 많은 시간을 어울릴 필요가 있었다. 나 역시 시간적으로 또 정신적으로 여유가 별로 없었던 때이기도 했다. 종합시험(General Exam) 준비로 읽어야 할 책이 몇 백 권이었다. 혼자 있어야 했다. 누가 대신할 수 없는 일이기 때문이다. 그러나 성아가 가끔 와서 쉴 수 있도록 방이 두 개인 기숙사를 얻었다.

바쁜 일과가 시작되었다. 같은 학교를 다니면서도 서로 약속을 하지 않으면 얼굴 보기가 힘들었다. 우리는 가끔 찰스 강변에서 만나 함께 조깅을 하곤 했다. 그럴 때마다 세월을 느꼈다. 얼마 전까지만 해도 성아는 나를 따라오지 못했다. 그러나 그때쯤 완전히 반대가 되었다. ROTC 훈련으로 단련된 성아는 이미 내 상대가 아니었다.

"엄마는 저 다리까지만 뛰고 그다음엔 걸을게."

찰스강 위에 걸쳐 있는 다리들 중에서 내가 가장 좋아하는 곳을 가리키며 나는 멈췄다. 성아는 숨찬 기색도 안 보였다. 한 번씩 웃어 보이고는 스피드를 내며 힘차게 뛰어나갔다. 금세 멀어져가는 딸의 뒤를 천천히 따라 걸었다.

땀에 젖은 옷을 시원한 강바람이 어루만졌다. 고개를 젖히고 힘껏 숨을 들이켰다. 언제나 그렇듯 맑은 하늘이 한눈에 들어왔다. 시원한 그늘을 찾아 몸을 풀며 성아를 기다렸다.

성아의 좁은 기숙사에는 룸메이트가 둘 있었다. 다 큰 처녀 세 명이 함께 살려니 재미도 있지만, 숨이 막힐 정도로 답답하기도 했다. 게다가 옆방 아이의 방귀 소리조차 들릴 정도로 얇은 벽으로 둘러싸여 있어 기숙사는 늘 떠들썩했다. 집중해서 공부할 수가 없었다. 룸메이트의 텔레비전 소리를 피해 공부는 도서관에서 한다 해도 조용히 쉴 공간이 필요했다. 그럴 때마다 성아는 내 기숙사를 찾곤 했다.

성아는 그때 스스로의 능력에 대해 회의를 품고 있었다. 아무리 노력해도 남들보다 앞서 나갈 수 없다는 불안감에 시달렸다. 하버드에는 천재도 많은 만큼 좌절한 수재들도 많았다. 일 년에 몇 명씩 정신질환이나 자살 등으로 학업을 포기했다는 불행한 소식을 들을 수 있었다.

나는 그때 내가 할 수 있는 한 최선을 다해 성아를 돌보았다. 성아와 나는 일주일에 한 번씩 걸어서 30분쯤 걸리는 성아의 기숙사로 가서 빨랫감을 가지고 내 기숙사로 왔다. 대부분의 학생들이 새벽 3~4시에 자서 아침 9~10시에 일어나기 때문에 새벽 시간에 가면 세탁실은 텅 비어 있었다. 나의 세탁물 서비스로 인해 성아의 기숙사 친구들은 '너는 아직도 엄마의 보살핌을 받느냐'고 놀리기도 하고 질투하기도 했다.

친구들이 질투할 만한 일은 또 있었다. 우리가 주로 이용하던 와이드너와 하버드-옌칭 도서관은 학부생들에게는 한 달밖에 도서 대여가 안 되지만, 대학원생들에게는 책에 따라 일 년 가까이 대여가 되었다. 성아는 필요한 책을 내 신분증으로 빌려 마음껏 보았다. 동아시아학에 관한 한 내가 개인적으로 소장한 책도 상당한 수준이었고 과제물 주제에 대해 성아에게 조언할 능력도 갖추고 있었다.

또 성아를 위해 언제나 작은 냉장고에 한국 음식을 준비해두었다. 우리는 일주일에 한 번쯤 된장찌개를 끓여 먹으며 밀린 얘기를 나누곤 했다. 미련할 정도로 공부에만 매달리던 나는 성아를 핑계로 잠시 휴식을 취했다. 그런 저녁이면 나는 산책 삼아 성아를 바래다주곤 했다. 성아의 기숙사는 찰스강 부근에 있었다. 그 시간의 건물은 어둠에 싸여 있었다.

"엄마, 저기 돔 안에 있는 종들 있잖아요. 다 러시아에서 가지고 온 건데 아주 역사가 깊은 거래요. 일요일엔 원하면 위에 올라가서 칠 수도 있대요. 나도 언젠가는 한번 쳐봐야지."

성아는 젊었다. 몸도 마음도 생각도. 그래서 그런 말이 있는 것일까.

'흐르는 물은 새로운 물에게 자리를 넘겨주며 같이 바다로 흐른다.'

나는 이제 오래 흐른 유장한 강물이 되어, 성아는 새로운 물결이 되어 바쁜 학교생활 속에서도 작은 행복의 시간을 나누곤 했다.

나는 그때 성아가 안쓰러워 보였다. 나는 이미 내 인생의 성취를 이루었다. 그러나 성아는 이제 시작이었다. 나는 보잘것없는 지점에서부터 출발했으므로 현재 내가 서 있는 위치가 내가 오를 수 있는 정점처럼 느껴졌다. 다시 한 번 인생에 도전하라면 너무 힘들어 고개를 가로저을 생각이었다.

그러나 성아는 내가 평생을 두고 오른 봉우리에서 출발을 하는 것
이나 마찬가지이기에 나보다 몇 배는 더 심한 경쟁과 도전이 기다리
고 있을 것이었다.

유럽을 함께
둘러보며

달리는 기차에서 우리는 과거와 미래를 나눴다.
우리는 여전히 모녀 관계였지만
더 이상 모녀 관계에 국한되어 있지 않았다.

성아가 스물세 살이 되던 해 1월, 성아와 나는 유럽으로 기차여행을 떠났다. 성아는 7살 때 이후 16년 만에 다시 유럽을 찾는 것이었다.

암스테르담 거리를 한나절 동안 누비고 파리행 기차에 올랐다. 성아와 함께 에펠탑, 샹젤리제, 루브르 박물관, 베르사유궁전을 구경하며 그곳에 얽힌 역사와 로맨스를 음미했다. 파리에서 사흘 밤을 지내고 우리는 다시 스위스행 기차에 올랐다.

차창 밖으로 지나가는 눈 덮인 마을들은 동화 속 마을 같았다. 성아는 어린 시절이 그리운지 내 품을 파고들며 어리광을 부렸다.

"난 참 행운아예요. 엄마가 바로 내 엄마라서……."

마치 꿈을 꾸는 듯한 졸린 목소리였다. 설경에 마음을 뺏기고 있던 나는 갑작스런 성아의 말에 잠시 어리둥절했다.

"난 엄마가 그 많은 난관을 딛고 일어선 것이 자랑스러워요. 그런데 참 신기한 게 엄마 얼굴에서는 고생한 흔적이 전혀 안 느껴져요. 고생을 많이 한 사람들은 대체로 얼굴이 찌들든지 성격이 비뚤어지든지 하던데……. 그래서 난 엄마를 더욱 존경하고요."

"고맙다, 성아야. 난 어느 누구보다 네가 나를 알아줄 때 가장 보람을 느껴."

"나도 간혹 엄마처럼 절망적인 상황에 놓이고 싶어요. 내 의지의 한계를 시험해보고 싶거든요. 그런데 나는 엄마보단 훨씬 유복한 환경에서 태어났고 또 자랐잖아요. 그리고 내겐 필요할 땐 언제든지 나를 이끌어주고 밀어줄 엄마가 옆에 있었고. 아무튼 난 엄마의 어려웠던 과거가 너무 부러워요."

'세상에! 다른 사람의 고통을 부러워하는 사람도 있다니!'

그런 딸이 신기하기도 하고 한편으론 대견하기도 했다. 요즘 세태는 다른 사람이 가진 것을 탐하고 무엇이든 쉽고 편하게 얻기를 바라는데……. 조금만 고생해도 부모를 그리고 자신의 '불운'을 원망하려 드는데.

"성아야, 네 말이 맞아. 넌 정말 행운아야. 그런데 그건 엄마가 있어서가 아니라 네가 도전을 갈망하는 의지가 남과 다르기 때문이야. 그걸 잘만 활용하면 성취의 행복을 너도 맛볼 수 있어."

성아의 머리를 쓰다듬으며 나는 마음속의 말들을 하나하나 꺼내놓았다.

"사실 지금의 내 성취라는 것이 눈높이를 높여보면 대수롭지 않은 것일 수도 있다는 건 너도 잘 알잖아. 네가 부러워하는 것은 지금의 내 성취 자체보다 그것의 폭을 부러워한다고 생각해. 또한 내가 바닥에서부터 위로 오르면서 느꼈던 성취의 쾌감을 부러워하는 것이잖아. 네가 나와 같은 출발점을 원한다는 건 불가능하지. 하지만 너의 목표는 지금의 나보다 얼마든지 더 높은 곳에다 세울 수가 있어."

차창 밖으로 눈을 돌리며 내가 잠시 뜸을 들이자 성아가 몸을 일으켜 차창에 기대앉았다.

"엄마는 여기까지 오는 데도 사실 무척 힘들었거든. 아무리 뜻이 있어도 군대의 참모총장이 된다든가 미국의 장관이 된다든가 대통령이 되고 싶다는 생각은 내겐 이룰 수 없는 꿈이라고도 할 수 있지. 그런데 너에게는 이 모든 것이 전혀 불가능하진 않잖아. 거기에 도달하기 위해서 내가 했던 그 이상의 노력만 한다면 말이다."

성아의 눈에 어떤 고뇌의 빛이 스쳐갔다. 너무 어려운 목표라고 생각하는 것 같았다.

"꼭 참모총장이나 장관, 대통령이 되는 목표를 세우라는 건 아냐. 예를 들어서 그렇다는 거지. 네가 정말 엄마의 과거가 부럽다면 그저 너도 노력해서 네 목표에 도달하길 바란다는 말이야."

"흠."

성아는 무언가를 생각하는 표정으로 창가로 고개를 돌렸다.

신의 편애를 받았다고밖에 할 수 없는 스위스를 거쳐 기차는 이탈리아에 도착했다. 우리는 물의 도시 베니스에서 이틀 밤을 보냈다. 성아와 나는 다리 위에 서서 물속을 수놓는 불빛들을 보며 삶의 열기를 느꼈다. 다정한 연인들을 태운 곤돌라가 우리가 서 있는 다리 아래를 지나갔다. 그 모습을 바라보며 나는 성아의 미래를 그려보았다. 성아가 사랑하는 사람과 저 아름다운 물길을 따라가는 모습 말이다.

"엄마는 어떤 남자를 만나고 싶어요?"

성아는 그 곤돌라에 나를 태우고 싶었던 모양이다.

"왜 갑자기 그런 걸 묻니?"

"엄마한테 엄마가 원하는 멋진 사람을 데려다주고 싶거든."

"얘, 엄마가 남자라도 만날까 봐 겁낼 땐 언제고?"

"어? 엄마, 그거 알고 계셨어요?"

"얘, 엄마가 바보인 줄 아니? 네 표정과 행동만 봐도 엄마를 다른 사람들과 나누지 않고 혼자 독차지하고 싶은 걸 알 수 있어!"

"그때는 사실 그랬어요. 내가 너무 어려서 나밖에 몰랐던 것 같아요."

"왜, 이제는 엄마를 다른 사람에게 줘도 괜찮다 싶냐?"

"아니. 주고 싶진 않지만 엄마를 나만 가지길 원하는 건 엄마한테 좀 지나친 요구 같아요. 엄마도 얼마든지 행복할 권리가 있는데. 내가 엄마를 사랑한다면 엄마가 행복할 수 있도록 하는 것이 당연한 의무라는 생각이 들어요."

"어디서 많이 듣던 말 같은데…… 어디서 들었더라?"

"그거야 내가 엄마 딸이니까 어쩔 수 없죠, 뭐. 나도 많이 듣다 보니까 이젠 그게 내 말 같아서…… 헤헤."

그 마음 씀씀이는 고맙지만 나는 이젠 누구에게도 더 이상 묶이고 싶지 않았다. 이렇게 혼자가 좋았다. 성아는 내 팔을 꼭 끼고 얼굴을 내 가슴에 묻었다. 그러고는 혼잣말처럼 속삭였다.

"언젠가 내가 엄마 마음에 꼭 들 정말 좋은 사람을 찾아줄게요."

오스트리아 빈을 거쳐 프라하에서 이틀 밤을 보낸 우리는 다시 빈으로 돌아왔다. 이미 밤은 깊어 있었다. 그 밤이 유럽에서 성아와 함께 보내는 마지막 밤이었다. 성아는 유럽을 더 여행하고, 나는 혼자 보스턴으로 돌아갈 예정이었다.

나는 곰곰이 시간을 더듬어 보았다. 성아와 함께한 24년의 세월

이 흐르고 있었다. 술 한 잔이 생각나는 밤이었다. 이제 나를 한 여자로, 자신의 인생의 기준이자 경쟁자로 바라보는 딸과 정말이지 한 잔 나누고 싶은 밤이었다.

녹색 군복을 입은
모녀

우리가 둘 다 녹색 군복을 입었다는 사실은
내게는 단순한 의미가 아니다.
우리 모녀가 품은 삶의 의미가 이어져 있다는 걸 뜻한다.

미군 ROTC를 거친 사람은 7년간 의무적으로 군대를 위해 일해
야 한다. 이때 두 가지 길 중 선택할 수 있는데 하나는 예비역이고
또 다른 하나는 현역이다. 성아는 현역을 선택했고, 7년도 넘게 군대
에 머물렀다. 대다수 명문대 출신 ROTC들이 의무병역만 마치고 군
대를 떠나는 것과는 상반된 특이한 경우였다. 과정마다 엄마로서 또
군대 선배로서 여러 길에 대해 조언도 하고 권유도 했지만 성아는

군대가 자신에게 딱 맞는 옷임을 강조했다. 엄마의 욕심으로는 성아가 어서 군대 밖 세상으로 나왔으면 했지만 결정은 어디까지나 본인 몫이었다.

성아가 군인을 선택한 이유에 내 영향이 없었다면 거짓일 것이다. 성아는 20여 년 동안 엄마를 지켜보면서 군대를 자신 삶의 한 부분으로 생각하고 있는 듯했다. 어린 시절에는 친구들에게 무전기와 군복을 보여주기 위해 일부러 나를 자기가 다니는 태권도장에 부르기도 했다. 외출할 때도 내가 군복을 입는 것을 좋아했다. 푸른 군복 앞에서 함부로 구는 사람이 없다는 걸 알았기 때문이다.

또한 그 애는 나의 군대론을 자주 들었다. 세상에는 착한 사람들도 많지만, 그렇지 못한 사람들도 많다. 그들은 대체로 욕심이 많고 잔인하며 자기 자신만을 위한다. 법과 질서가 있고 정부와 경찰이 있는 것은 이들로부터 약한 자를 보호하기 위한 것이다.

인간과 인간의 관계는 국가와 국가 간에도 적용될 수 있다. 병력이 미약한 약소국가는 강대국의 침략을 막을 수 없다. 결국 국가의 존속을 위해서는 남에게 의지하지 않고도 자력으로 방위할 수 있는 힘이 필수다. 그러므로 군인의 의무는 개인의 사사로운 목적과는 다른 차원이다. '개인이 아닌 전체를 위한다.'라는 보다 숭고한 대의명분이 있다. 나는 20년 동안 군복을 입으면서 늘 신념과 자부심을 가지고 생활했다. 내 핏속에 흐르는 정의와 군인이라는 직업은 칼과 칼

집처럼 뗄 수 없는 관계였다.

"엄마, 나도 ROTC 해볼까"

고등학교 3학년 때 성아가 느닷없이 꺼낸 말이다.

"네가 하고 싶으면 해봐라."

나는 일부러 무심한 듯 대답했다.

성아는 고등학교 때부터 과외 활동으로 ROTC 활동을 하다가 조지타운대학교에 갈 때는 ROTC로부터 3급 장학금을 받았다. 성아는 ROTC 생도로서 체력 단련 등 장교가 될 준비에 전력을 다했다. 태권도를 비롯한 여러 운동으로 다진 체력이 밑받침이 되어주었다. 목소리도 우렁차서 구보할 때 선창을 하여 주변의 부러움을 샀다.

성아는 현역시절 명사수였다. 목표와의 거리는 물론, 자기 몸의 컨디션을 잘 조절해야 과녁을 뚫을 수 있는데, 극도로 복잡한 그 계산을 성아는 잘해냈다. 또한 체력적으로나 정신적으로 지속되는 자기와의 싸움을 즐겼다. 한마디로 군대가 체질이었다.

그리고 그만큼 인정을 받았다. 진급하는 데 어려움을 겪은 적은 없었고 3개 국어를 할 줄 알아 여러 곳으로부터 호출이 있었다. 성아는 군대에서 자타공인 인기인이었다. 덕분에 군인으로서 명예로운 경험도 수차례 있었다.

그럼에도 불구하고 나는 성아가 현역군인이었을 때 항상 군인 외의 다른 길도 있음을 주지시켰다. 나는 내가 간 길 위에 성아가 오

래 있기를 바라지 않았다. 성아는 내가 갔던 길이 아니라 다른 길
에서 빛났으면 하는 생각이 있었던 것이다. 하지만 성아는 현역시
절 엄마인 나에게 "죽음을 맞을 바에는 전쟁터에서 맞고 싶다."라
고 말할 정도로 군인정신으로 똘똘 뭉친 장교였다. 나는 그 말이 엄
마로서 섬뜩하고 가슴 아프면서도 한편으로는 이해가 갔다. 자신이
아닌 보다 많은 사람들을 위해 뜻깊은 일을 해보고 싶다는 발로였
기 때문이다.

우리가 둘 다 녹색 군복을 입었다는 사실은 사람들의 이목을 끌
만한 일이다. 그렇지만 내게는 단순히 그 의미가 아니다. 우리 모
녀가 품은 삶의 의미가 이어져 있다는 걸 뜻한다. 정의를 추구하는
삶, 다른 사람들을 위해 봉사하는 삶, 희생을 각오한 삶이라는 것을
말이다.

품에서
떠나보내다

도서관 지붕에 걸쳐 있는 무지개.
그것을 희망이라 부를 수 있을 것이다.
나는 성아가 늘 그것을 발견하고 성취해가기를 바란다.

2000년 6월 8일, 성아가 하버드대를 졸업했다. 졸업을 축하하기 위해 식구들이 하루 전에 하버드 기숙사로 모이기로 했다. 성아는 졸업식 다음날 친구들과 함께 그리스로 떠날 예정이어서 전날까지도 분주했다.

바쁜 성아를 기숙사에 남겨두고 나는 저녁시간이 다 되어 혼자 보스턴의 로건공항으로 나갔다. 엄마와 언니, 오빠와 올케, 그리고 막

내 명규가 노스캐롤라이나에서 올라왔다. 그리고 제일 늦게 캘리포니아에 있는 아들 성욱이도 도착했다.

마지막으로 여행 준비를 마친 성아가 도착하자 우린 포터 스퀘어의 한국 식당으로 향했다. 오랜만에 한자리에 모인 식구들은 맛있는 갈비와 된장찌개를 즐기며 회포를 풀었다.

"할머니, 이 반지 예쁘죠?"

성아가 내민 긴 손가락에 하버드대 졸업 반지가 끼워 있었다.

"이기 그 반지가?"

엄마가 반갑게 성아의 반지를 만져보았다. 줄이 조금 가는 편이었지만 내 석사 졸업 반지와 같은 모양이었다.

"느그 어마이 거보다 줄도 가는기 값은 두 배나 하다이. 와따 비싸다, 야야."

엄마가 혀를 찼다.

"울맨데 그라노?"

옆에서 언니가 거들었다.

"8년 전에 내 건 370달러였는데 성아 건 670달러거든."

내 설명에 언니의 눈이 휘둥그레졌다.

"와이고 무시라. 그기 그리 비싸나?"

모두들 놀라움을 감추지 못했다. 내가 엄마에게 말했다.

"아무튼 엄마는 정말 대단하셔. 다른 사람들은 돈이 아무리 많아도 하버드 반지 끼기가 별 따기인데 엄마는 그런 사람을 두 명이나 됐으니……."

"니 말 맞다. 다른 사람들보다 엄마가 진짜로 성공하신 거다."

마치 싸움이라도 난 듯 시끄러운 경상도 사투리를 잠자코 듣고 있던 오빠가 맞장구를 쳤다.

졸업식 날은 화창한 초여름 날씨였다. 졸업식장에는 졸업생 한 명당 네 명이 동행할 수 있었다. 나와 오빠 내외 그리고 성욱이가 참석하기로 했다. 출입구마다 많은 사람들이 벽을 따라 거북이걸음을 걷고 있었다. 백인, 흑인, 인디언, 동양인, 남미인 등 가지각색의 인종과 언어가 어우러지고 있었다. 마치 자석에 끌려가듯 우리도 C석 입구로 들어가는 줄 끝에 붙어 섰다.

하버드 교회 앞에는 수만 명의 인파가 북적대고 있었다. 우리는 와이드너 도서관 건물 옆 그늘에 있는 의자에 자리 잡았다. 우리가 앉은 곳에서는 졸업생들도 단상도 보이지 않았다. 나는 스피커에서 흘러나오는 말소리에 귀를 기울였다.

가장 인상에 남았던 것은 나이지리아 출신 여자 졸업생의 연설 '약자를 보호하라(Defend the Defenseless)'였다. 어린 시절 전쟁고아나 다름없는 삶 속에서 그녀는 어린 동생을 보호하라는 아버지의 마지막 절규를 지키려고 모든 노력을 아끼지 않았다. 고통과 절망의 삶을 이어가면서도 그녀는 하버드대에서 박사학위를 받게 되었다. 앞으로도 그녀는 세계를 위해, 그리고 억울하게 착취당하는 약자들을 위해 자신의 삶을 바치겠다고 했다. 그녀는 아무리 대단한 하버드대의 교육과 졸업장도 실제로 인류를 위한 일에 쓰이지 못한다면 아무짝에도 쓸모없는 것이 되고 만다고 주장했다. 참으로 머리가 숙여지는 가슴 뭉클한 연설이었다.

나는 내 옆에 의젓하게 앉아 연설에 귀 기울이고 있는 성욱이의 손을 꼭 쥐었다. 성욱이도 환한 미소로 나를 바라보며 내 손을 마주 쥐어주었다. 가슴을 펴고 하늘을 올려다보았다. 순간, 나는 와이드너 도서관 지붕에 걸쳐 있는 무지개를 발견했다. 그 뜻밖의 예술품은 밝은 햇살 속에서도 일곱 색을 선명하게 자랑하며 우리 머리 위에 펼쳐져 있었다. 혼자 보기에는 정말 아까웠다.

"머리 위를 봐. 무지개가 떴어."

흥분을 억제하며 나는 성욱이에게 속삭였다. 성욱이는 아닌 밤중에 웬 홍두깨냐는 듯 고개를 갸우뚱했다. 그러나 내가 시키는 데로 하늘을 올려다본 성욱이는 흥분을 감추지 못했다.

"어, 정말이네. 이렇게 화창한 날씨에 어떻게…… 아침에 비가 왔던 것도 아니고."

"신기하지? 그렇지만 정말 아름답다. 더구나 이렇게 뜻깊은 날에 내 사랑하는 아들과 함께 하버드 교정에서 아름다운 무지개를 보다니…… 엄마는 정말 행복하구나."

졸업장 수여식은 각 기숙사별로 행해졌다. 무성하게 우거진 푸른 나무들, 그 밑으로 아기자기하게 수를 놓고 있는 아름다운 꽃들. 로웰 하우스 정원은 예전과 다름없이 다정하게 우리를 맞았다.

온 식구들이 보는 앞에서 성아는 졸업장을 받았다. 졸업장을 받아든 성아가 활짝 웃으며 식구들을 한 명씩 안아주었다. 그 모습을 바라보며 나는 당연히 행복해야 했으나 알지 못할 외로움과 서운함에 혼자 가슴을 앓고 있었다.

'참, 알다가도 모를 일이군. 모두가 이렇게 기쁨과 흥분으로 들떠 있는데 정작 기뻐해야 할 내가 왜 이리 서글프기만 한지…….'

성아가 떠나는 날 아침이 밝아왔다. 오후 5시 전에 기숙사를 비워줘야 했다. 그전에 우편으로 성아의 짐도 부쳐야 하고 또 이튿날 보스턴을 떠나는 가족들을 모두 배웅해주어야 했다. 아무래도 차 없이는 무리일 것 같아 비행장에서 차를 대여해서 기숙사로 돌아왔다. 온 식구가 콩 볶듯이 바쁜 하루를 보내느라 오후 3시가 넘어서야 겨우 아침 식사를 할 수 있는 여유가 생겼다.

나는 숨 돌릴 틈도 없이 보스턴 비행장으로 향했다. 성아가 그리스로 출발할 시간이었기 때문이다. 함께 가기로 한 친구 중 한 명은 캐나다에서, 또 한 명은 프랑스에서 오는데 셋이 런던에서 만나 그리스로 간다고 했다. 열흘간의 그리스 여행이 끝나면 바로 미군 장교 생활이 시작되기에 한동안은 딸을 만날 수가 없었다. 운전을 하는 동안 뒷자리에서 삼촌 내외와 쉬지 않고 재잘대는 성아의 목소리를 듣고 있자니 딸에 대한 어떤 그리움 같은 게 밀려왔다.

"엄마, 이번에 정말 수고하셨어요."

탑승구로 나가기에 앞서 성아가 나를 꼭 껴안았을 땐 가슴이 뭉클했다.

"……."

나는 목이 메어 말이 나오지 않아 그저 성아의 등을 어루만지고 서 있었다. 성아 역시 다음 말을 잇지 못하고 내 어깨에 머리를 묻고 있었다.

"엄마, 나 키우느라고 고생 많이 하셨죠? 정말 고마워요. 이 은혜 잊지 않을 게요."

탑승구를 향하던 성아는 차마 발길이 안 떨어지는지 다시 돌아와 나를 안았다.

"엄마, 이제부터는 내가 엄마를 잘 돌봐드릴게요."

성아가 탑승구 안으로 사라지자 갑자기 가슴이 텅 빈 것 같은 허전함과 외로움이 엄습해왔다. 솟구치는 눈물을 감추려고 나는 유리벽에 바싹 다가서서 한참 동안 성아가 들어간 쪽을 바라보고 있었다. 창밖에는 비가 내리고 있었다.

이젠 엄마와 딸이 아닌 친구로 살아갈 것이라는 예감이 들었다. 성아는 이제 세상 어디에 내놓아도 당당히 제 인생을 살아갈 준비가 되어 있었다.

나는 서진규라는 이름을 가지고 있었지만 규정되는 그 어떤 것도 거부하고 내 길만 걸어왔다. 걸어가면 걸어갈수록 내 인생은 확장되고 깊어졌다. 가시나에서 벗어나 인류의 한 사람으로 오롯이 일어섰을 때 그제야 내게 인류애라는 것이 생겼다. 성아도 그러했다. 그저 자신의 세계관을 펼치면서 살아가고 있다. 한국인으로서 미국인으로서도 아닌 그저 조성아, 재스민이란 사람의 이름을 가지고 자신의 길을 만들어가고 있다.

희망을 키우는 대한민국 엄마들에게

대학 4년 동안 선두 자리를 유지하며 ROTC 교육을 받은 성아는 하버드대학교 졸업과 동시에 미육군 소위로 임관했고 한국 군산에서 미사일 소대장을 시작으로 15년간 한국, 미국, 일본, 파키스탄, 아프가니스탄 등지에서 근무했다.

대견한 것은 자신이 미군 장교로 돈을 벌기 시작하면서 10여 년간 하버드대 박사 과정과 간염 치료로 힘들어하는 내게 매달 천 달러 이상의 용돈을 주었다는 사실이다. 또한 성아는 자신을 키워주신 외할머니께도 매달 용돈을 드렸다. 늘 가족의 중요성을 강조해온 나조차도 생각하지 못한 부분이었다.

나는 그런 딸의 정성과 도움에 힘입어 2006년 6월 드디어 하버드대를 졸업하고 박사가 되었다. 그리고 3년 동안 끈질긴 노력으로 치료과정에서 약물에 의해 발생한 우울증까지 극복하며 수십 년간 나를 괴롭혀온 C형 간염을 이겨냈다. 이 모든 것이 든든한 딸의 응원이 있었기 때문에 가능한 일이었다.

성아는 이제 어느덧 한 남자의 아내이자 한 아이의 엄마가 되었다. 이렇게 잘 자라준 성아와 별같이 빛나는 손녀 진이를 보며 나는 그동안의 발자취를 더듬어본다. 어린 성아를 홀로 한국에 보내야 했던 일, 성아의 사춘기 시절 나누었던 남학생 이야기, 성아가 남자야구팀에서 상을 받아온 일, 함께 하버드대를 거닐었던 시간, 단골 야식점에서 나누었던 수다 등 모든 추억들이 마치 어제 일처럼 생생하게 다가와 가슴이 먹먹해진다.

성아가 아름답고 건강하게 자라는 동안 많은 장애물들이 있었다. 하지만 나와 성아는 어려움 너머에 걸려 있는 희망을 바라보며 한 걸음 한 걸음 동행해왔다. 그간의 순간들을 담아 한 아이의 엄마로서 38년간 살아온 나의 경험과 지혜를 나누고자 이 책을 쓰게 되었다.

언젠가 성아가 꼴등이 적힌 성적표를 들고 온 적이 있다. 하지만 나는 성적 때문에 아이를 한 번도 나무라지 않았다. 대신에 바른 인성과 다른 사람들을 섬기는 마음, 건강한 체력을 기를 수 있도록 도왔다. 사실 내가 성아를 키운 방법은 미국 교육에서 중시하는 자주적인 태도와 세계적인 관점에, 한국에서 중시하는 예의와 도덕을 접목시킨 방법이었다. 한국 문화와 미국 문화를 체험한 나는 가능한 한 양국의 장점을 성아의 자녀교육에 담길 원했다.

사실 자녀교육법은 수십 가지가 있다. 그 가운데 자신이 속한 문화와 가치관, 자신의 신념과 아이의 성향에 따라 지혜롭게 선택하고 훈련할 필요가 있다. 그런데 오늘날 대한민국의 부모들을 보면 자기자신의 꿈과 행복을 따라 살기보다는 주변 사람들을 따라하기에 급급한 것 같아 너무나도 안타깝다. 자녀교육의 지혜마저 유행에 휩쓸려가는 듯한 모습이다.

얼마 전 미국에서 《타이거 맘Tiger Mom》이라는 책이 이슈화된 적이 있다. 에이미 추아 예일대 교수가 중국식의 엄격한 자녀 훈육방식을 강조한 책으로 자녀에게 전 과목 A학점을 강요하는 등 혹독한 교육법이 담겨 있다. 실제로 이 교수의 큰딸이 하버드대와 예일대에 동시 합격하면서 이 교육법이 화제가 되었다. 하지만 나를 비롯하여 많은 사람들은 이 얘기에 반박한다. 아이들의 실력보다 중요한 것은 그들이 그 시절에 누려야 할 행복을 자유롭게 누렸는가 하는 점이기 때문이다.

한 아이가 어른으로 성장하는 데 성적은 중요하지 않다. 우선되어야 하는 것은 아이가 자신과 미래를 희망에 찬 눈으로 바라보며, 어려움이 닥쳐와도 그것을 잘 이겨낼 수 있는 용기를 지니는 것이다. 부디 대한민국 엄마들이 아이들과 함께 그러한 건강함을 꿈꾸며 살길 바란다.

이 책이 나오기까지 많은 고마운 분들의 도움에 감사드린다. 새로이 책 출간을 결심해준 양원석 대표를 비롯하여 물심양면으로 도와준 알에이치코리아의 모든 식구에게 감사한 마음을 전한다. 특히 이 책이 나오기까지 탁월한 추진력으로 진두지휘해준 송병규 차장과 사랑과 열심으로 최선을 다한 박민희 대리, 그리고 마케팅팀과 디자이너에게 고마움을 전하고 싶다.

녹슬은 이 할머니의 글을 보다 세련되고 또 감동적으로 변신시켜준 김희재 작가의 도움을 잊을 수 없다. 이들의 도움과 노력으로 빚어진 이 책이 대한민국의 부모들과 다음 세대를 이끌어나갈 아이들에게 빛과 소금의 역할을 감당하길 바란다.

이 책의 주인공이자 나의 자녀양육과 교육 철학의 가치를 증명해준 나의 첫 번째 희망의 증거, 딸 성아에게 사랑과 고마운 마음을 전한다. 또한 언제나 나를 이해해주고 사랑으로 응원해준 아들 성욱이에게 떨어져 지낸 시간에 대한 미안함과 고마움 그리고 사랑을 전한다.

이 책이 쓰여진 이유인 독자들의 사랑과 응원에 감사를 드리며 우리의 자녀들이 훌륭하고 행복하게 자랄 수 있도록 많은 응용과 조언을 부탁드린다.

무엇보다도 이 모든 것이 가능하게 해주신 하나님께 감사한다.

딸의 이야기

나도 엄마가 되었다

　지금에 와서 생각해보니 내가 태어나 가장 잘한 것이 있다면 바로 아이를 가진 것이라고 말하고 싶다. 엄마가 왜 그토록 수년간 내가 아이를 가지길 바랐는지 이제야 알 듯하다. 믿을지는 모르겠지만 엄마는 내게 결혼은 미루더라도 아이는 먼저 가지라고 할 정도로 인생에 있어 아이가 얼마나 소중한지를 강조하셨다. 그 말은 정말 진리였다.

　이 사랑스런 아이를 어떻게 키울지는 아직 명확한 그림이 잡히지 않는다. 아직 우리 아이가 어떤 성격을 가졌고 무엇을 잘하는지 모르기 때문이기도 하다. 확실한 건 양육은 내 인생에 있어 최고의 도전이라는 것이다. 하지만 걱정하지 않는다. 나는 엄마의 딸이고 나에겐 든든한 아군인 남편이 있다. 그와 팀을 이루어 아이를 좋은 사람으로 키우고 싶다. 그리고 엄마처럼 아이가 원하는 길을 갈 수 있도록 항상 도와줄 것이다.

인성교육이 먼저다

엄마가 나를 혼내거나 나 때문에 화를 내신 일은 극히 드물었다. 그렇기에 왜 엄마에게 혼이 났는지는 항상 분명하다. 엄마가 혼내시는 이유는 내가 버릇없이 굴 때였다. 내가 할머니나 가족들에게 실수했을 때 엄마는 그냥 지나치는 법이 없으셨다. 나를 따로 방에 데리고 가 우선 내가 왜 그런 행동을 하는지 묻고, 내가 대답하면 무엇이 잘못됐고 내가 어떻게 행동해야 하는지 완고하게 말씀하시곤 했다. 그럴 때 물론 엄마는 세상에서 가장 무서운 사람이었다. 하지만 내가 주눅 들지 않았던 이유는 엄마가 금세 화를 푸시며 화해를 청해오기도 하셨지만, 역시 다른 가족들의 존재가 컸다. 특히 외할머니와 외할아버지는 나의 수호신이었다. 그 분들을 생각하는 것만으로도 나는 이 나이가 되도록 가슴이 따뜻해진다.

엄마는 평범한 가정주부가 아니었다. 엄마는 군인이면서 언제나 학생이었고 집안의 가장이었다. 그 바쁜 와중에도 균형을 잃지 않으셨다. 지금 와서 생각해보면 그것은 사랑이 있었기에 가능했던 것이다. 가족에 대한 사랑, 나에 대한 사랑, 자신에 대한 사랑, 그것이 아니면 무엇으로 엄마의 인생을 설명할 수 있을까. 엄마를 비롯한 가족들이 있었기에 나는 긍정적인 사람으로 성장할 수 있었으며 보편적으로 말하는 좋은 사람들 속에 어울려 살 수 있었다. 이건 정말 중요한 일이다. 엄마를 비롯한 가족들로부터 나는 사람을 대하는 마음가짐, 인간관계를 잇고 확장시키는 데 필요한 희생 등 가장 기본적인 것을 배웠다.

좋은 인간성을 갖춘 것만큼 인간에게 중요한 것은 없다. 엄마가 항상 나에게 했던 말이다. 그 말은 그대로 내 딸에게 전해질 것이다.

억지로 되는 것은 없다

한국의 학교시스템으로 보자면 나는 결코 뛰어난 학생이 아니었다. 나는 성적에 연연하지 않았다. 한국에서도 그리고 미국에서도 마찬가지였다. 8학년(중학교 2학년)이 되도록 공부에는 전혀 관심이 없었다. 그런 나에게 엄마는 잔소리 한 번 한 적이 없었다. 엄마는 억지로 공부시키려 하지 않고 그냥 내버려두시는 편이었다. 돌이켜보면 그 방식이 누구에게나 최선이라고는 할 수 없겠지만, 내게는 이상적이었다. 나는 누군가 내게 억지로 시키는 것을 못 참는 성격이다.

그럼에도 불구하고 막상 엄마에게 성적표를 보여주는 것은 쉽지 않았다. 미안하고 창피해서 위경련을 일으킬 정도였다. 엄마의 글에서도 나왔듯이 실제로 배가 아팠다. 하지만 내 부끄러운 성적을 보고서도 엄마는 아무 말도 하지 않으셨다. 엄마는 내가 놀기 좋아하는 아이라는 것을 알고 있었다.

엄마는 나에 대해 잘 알고 계셨다. 내가 좋아하는 만화를 아무리 오래 봐도 전혀 나무라지 않으셨다. 오히려 내가 흥미를 느끼는 분야에 대해 지원해주셨다. 그렇게 해서 나는 양국을 오가면서 그 나라의 언어를 빨리 배울 수 있었다. 학교 성적을 떠나 엄마는 나의 성공을 기뻐하셨고, 나의 괴로움을 슬퍼하셨다. 엄마는 내게 결코 직접적인 영향력을 행사하려 하지 않으셨다. 늘 내게 할 수 있는 최선을 다하라고만 하셨다. 좌절할 때나 상황이 안 좋을 때도 마찬가지였다. 아마 엄마는 내가 모르는 어떤 것을 알고 계셨던 듯 싶다. 엄마는 경쟁을 즐기는 내 성격이 자신을 닮았다는 말을 자주 하셨다. 나는 엄마의 말을 부인하지 않는다. 난 지는 게 싫다.

고등학교 시절 초반만 해도 나는 내 꿈이 무엇인지, 내가 무엇이 될지 걱정이었다. 그래서 조급한 마음에 엄마에게 자주 상담을 신청하곤 했다. 엄마는 언제나 그랬지만 내 이야기를 끝까지 들어주고 함께 고민해주셨다.

엄마의 말대로 몇 년이 지나지 않아 나는 내가 무엇이 되고 싶은지 발견했다. 국제변호사가 최우선이었고 그다음이 외교관이었다. 둘 다 여러 나라를 다니면서 적응해왔던 내 지난 생활의 영향이었다. 나는 어디서든 잘 적응할 자신이 있었고 어느 나라, 어느 민족이든 그들의 문화를 이해하고 대화할 자신이 있었다. 그리고 무엇보다 사람들을 위해 일하고 싶었다.

나는 아직도 군인 신분이다. 소령으로 전역을 했지만 분명 아직 미 육군 소령 신분을 유지하고 있다. 지난 15년의 군대 생활은 국제변호사나 외교관의 일과 크게 다르지 않았다고 생각한다. 수많은 나라를 다니면서 수많은 사람들을 만났고 보다 많은 사람들을 보호하고자 애써왔다. 그래서 15년간 행복했다. 그 상황 속에서 지금의 남편을 만났고 그를 만난 후 내 앞으로의 길을 다시 고민하기 시작했다.

지금의 나를 만든 것은 엄마의 귀일지도 모른다. 내가 무슨 고민이 있든 나는 엄마를 찾아가 미주알고주알 알려드렸다. 엄마는 정말 내 말을 즐겁게 들으셨다. 그러면 고민이 해결되거나 내 꿈이 현실적으로 그려지고는 했다. 이제는 남편도 내게 그런 역할을 해준다. 정말 나는 행운아다. 현재 나는 딸아이를 키우면서 외교관 시험을 준비하고 있다.

공부도 인생도 즐겁게

나는 3개 국어를 한다. 모국어인 한국어, 영어 그리고 일본어를 할 줄 안다. 모국어와 영어는 사실 크게 문제가 되지 않았다. 자연스러운 생활 속에서 익혀 나갔다. 그리고 양국에서 학교를 다닌 경험이 있기에 친구들을 사귀고 수업을 받으면서 자연스럽게 배워나갔다. 반면에 일어는 그렇지 않았다. 엄마가 만약 내게 일본어 익히기를 강요했다면 나는 일본어를 멀리했을 것이다. 본래 내 성격이 타인의 강요로 움직이지도 않을 뿐더러 그렇게 익혔다면 지금처럼 자연스럽게 구사하는 수준까지 오르지 못했을 거라 생각한다.

엄마가 책에서 수차례 밝혔듯이 난 만화를 좋아한다. 한국에 있을 때도 한국의 만화를 보며 한 글자, 한 문장 그렇게 이해해 가면서 스스로 깨우쳐 나갔다. 일본어 또한 엄마가 집에 일본 유명 만화와 애니메이션을 가지고 오면서 시작됐다. 나는 그 책들의 내용이 궁금했고 그것을 알아가기 위해 일본어 습득을 시작했다. 과정은 더없이 즐거웠다. 그리고 결정적으로 학교를 한 해 늦추고 엄마를 따라 일본에서 일 년 동안 일본인 학교를 다니면서 상당히 늘었다. 일본 학교를 다니면서 스트레스가 전혀 없었다면 거짓말이겠지만 그 나라의 문화와 관습 등이 정말 궁금했기에 그런 부분은 사소하게 지나칠 수 있었다.

모국어는 나와 가장 가까운 엄마뿐 아니라 외할아버지와 외할머니 덕분에 잊지 않을 수 있었다. 나의 조부모께서는 항상 나를 대동하셨다. 영어를 못하셨기 때문이다. 나는 미국인과 조부모 사이에서 사소한 일상의 모든 것을 전달하고 전달받으며 양국의 언어를 잊지 않았고, 오히려 깊이 이해할 수 있었다. 그리고 보면 나는 조부모께 일일이 다 감사의 말을 전할 수 없을 정도로 많은 사랑을 받았다. 그분들의 생각을 전달하며 나는 인간관계를 어떻게 해야 하는지와 다른 사람을 어떻게 배려해야 하는지를 알아갈 수 있었다. 그것은 엄청난 행운이었다.

나는 앞으로 무슨 일을 하게 되든지 될 수 있으면 아이에게 여러 문화를 체험하게 하고 싶다. 이것은 순전히 엄마가 나를 키운 방식이기도 하다. 내가 외국인 학교가 아닌 현지 학교를 다녔기에 나는 그 나라의 아이들과 어울리며 또 그곳의 문화를 자연스럽게 체험할 수 있었다.

나는 아이가 학교 성적보다는 운동이나 예술 등 그 나이에 할 수 있는 다양한 활동을 하길 원한다. 그 과정에서 아이가 자신을 찾아나가는 것을 지켜보고 나도 아이가 어떤 사람인지 파악하며 조언해줄 것이다. 그리고 아이가 무엇보다 스스로 열정적으로 사는 인생, 스스로 즐길 수 있는 인생을 살아가길 희망한다.

존경받는 엄마가 된다는 것

존경심은 그냥 나오는 것이 아니다. 내가 진정 엄마를 존경한다고 생각했을 때 나는 더 이상 아이가 아니었다. 그때 나는 내가 어떤 사람이 되어야겠다는 구체적인 그림이 그려지기 시작했다. 그리고 그렇게 되기 위해 스스로 노력하기 시작했다.

내가 성공을 거둘 때마다 엄마는 진정으로 행복해하셨다. 하지만 엄마는 내가 무엇이든 꼭 잘해야만 한다고 강조하지 않으셨다. 성공하든 실패하든 '모두 나중을 위해 쓰일 좋은 경험'임을 강조하셨다. 좋은 성과를 올렸을 경우에는 그 성취를 자랑스러워할 뿐 아니라 좋은 운에도 감사하라고 하셨고, 만일 일이 잘 풀리지 않을 경우에는 그런 대로 좋은 경험이 될 것이라고 긍정하셨다.

엄마는 우리 모녀가 얼마나 행운아인가에 대해서 자주 말씀하셨다. 엄마의 이야기를 실감하게 된 계기는 다른 학생들, 특히 한국이나 일본 그리고 다른 지역에 사는 동포 학생들의 삶을 보았을 때였다. 간단히 말해서 공부와 진학 시험에 그토록 시달려야 하는 그들의 삶이 내게는 견딜 수 없는 것으로 여겨졌다. 학생들은 거의 맹목적으로, 그저 좋은 대학에 들어가야 한다는 것을 유일한 목표로 삼고 공부하는 것 같았다.

그런 점에서 내 인생의 분기점이 되었던 8학년 시절 만난 선생님들은 정말 최고였다. 그제야 미국식 교육에 익숙해진 내게 그들은 성적보다는 '학생의 행복'을 추구하는 교육법을 실현시키고 있었고, '배움의 기쁨'에 대해 이야기하고는 했다. 특히 역사 선생님에게 많은 도움을 받았다. 그는 미국역사 전공자였는데 역사적 사실을 암기시키는 것이 아니라 왜 그런 일이 일어났는지, 그것에 대한 당시의 의미와 현재의 의미는 어떻게 다른지, 또 왜 그렇게 받아들이게 되는지 총체적으로 이해할 수 있도록 수업을 진행하셨다. 난 그때 역사가 살아 숨 쉰다는 것이 어떤 의미인지 처음 알게 되었다. 아니 학문이 얼마나 진지하고 재미난 것인지 알게 되었다고 할 수 있다.

나는 처음으로 학과수업에 집중했고 그 과목에서 최우수 학생이 되었다. 내겐 처음 있는 일이었으며 공부는 본인 스스로가 흥미를 느끼는 것이 최고의 지름길이라는 사실을 깨달았다. 엄마는 그때 이미 나를 완전히 어린아이로 받아들이지 않았다. 역사과목에 대한 나의 진지함에 엄마는 기뻐하셨다.

그 후 얼마 지나지 않아 학문에 대한 열정만큼이나 엄마 인생에 대한 관심이 커졌다. 다시 말하자면 엄마 인생에 대한 진지함이 생겼다고 해야 할 것 같다. 엄마는 본인 스스로 강조하듯 극동의 작은 나라에서 가발공장을 다녔던 '밑바닥 출신'이다. 미국에 와서도 식당 일을 하기도 했다. 그렇지만 단 한 번도 엄마는 본인의 인생에 만족하지 않으셨다. 항상 더 높은 곳을 향해 나아갔고 그것이 얼마의 시간이 걸리든 쟁취하셨다. 엄마의 인생은 독립적이고 열정적이었다.

나는 엄마의 성취를 무척 자랑스럽게 생각했다. 그래서 아이 시절부터 청소년기까지 항상 친구들에게 엄마를 자랑했다. 친구들은 엄마의 인생 이야기를 들을 때마다 놀라고는 했다. 그 모습을 보며 나는 우쭐해지곤 했다.

내 인생의 최고 목표도 아마 그것이 아닐까? 나는 딸이 자랑스러워하고 존경하는 엄마가 되고 싶다.

꿈꾸는 엄마로 산다는 것

1판 1쇄 인쇄 2015년 2월 25일
1판 1쇄 발행 2015년 3월 2일

지은이 서진규

발행인 양원석
본부장 김순미
편집장 송상미
책임편집 송병규, 박민희
해외저작권 황지현, 지소연
제작 문태일, 김수진
영업마케팅 김경만, 정재만, 곽희은, 임충진, 이영인, 장현기, 김민수, 임우열,
　　　　　　 윤기봉, 송기현, 우지연, 정미진, 윤선미, 이선미, 최경민

펴낸 곳 ㈜ 알에이치코리아
주소 서울시 금천구 가산디지털2로 53, 20층 (가산동, 한라시그마밸리)
편집문의 02-6443-8859 **구입문의** 02-6443-8838
홈페이지 http://rhk.co.kr
등록 2004년 1월 15일 제2-3726호

ISBN 978-89-255-5558-4 (03810)

RHK 는 랜덤하우스코리아의 새 이름입니다.